日子

林丹影视文学剧本集

林丹 著

文化藝術出版社
Culture and Art Publishing House

图书在版编目（CIP）数据

日子：林丹影视文学剧本集 / 林丹著. -- 北京：文化艺术出版社，2025.6. -- ISBN 978-7-5039-7883-8

Ⅰ. I235

中国国家版本馆CIP数据核字第2025768UM6号

日子——林丹影视文学剧本集

著　　者	林　丹
责任编辑	刘利健
特约编辑	戴　健
责任校对	董　斌
书籍设计	姚雪媛
出版发行	文化艺术出版社
地　　址	北京市东城区东四八条52号（100700）
网　　址	www.caaph.com
电子邮箱	s@caaph.com
电　　话	（010）84057666（总编室）　84057667（办公室） 　　　　　84057696—84057699（发行部）
传　　真	（010）84057660（总编室）　84057670（办公室） 　　　　　84057690（发行部）
经　　销	新华书店
印　　刷	国英印务有限公司
版　　次	2025年7月第1版
印　　次	2025年7月第1次印刷
开　　本	710毫米×1000毫米　1/16
印　　张	13.25
字　　数	150千字
书　　号	ISBN 978-7-5039-7883-8
定　　价	68.00元

版权所有，侵权必究。如有印装错误，随时调换。

目录

电影文学剧本

日子 ·················· 002

电视剧文学剧本

天阶 ·················· 068
大墙里的春天 ············ 154

后记 ·················· 205

电影文学剧本

日　子

人物表

---🎬---

- 老头子 …… 德成（54岁）
- 秃小子 …… 青年德成（23岁）
- 女　人 …… 莲英（49岁）
- 小女子 …… 青年莲英（18岁）
- 永　贵 …… 老头子与女人之次子（28岁）
- 李寡妇 …… 青年德成的女邻居（28岁）
- 那汉子 …… 女人逃荒到北大荒后嫁的男人（39岁）
- 圆脸姑娘 …… 永贵的女友（22岁）
- 永　福 …… 老头子与女人之长子（时龄3岁、15岁）
- 小　玲 …… 女人与那汉子之女儿（6岁）

棕红色的云，构成了天边的辉煌。村庄裹在辉煌的意境里，升起袅袅炊烟。

村庄的轮廓终于近了，又近了，就有了一幢崭新的瓦房，就有了房檐上红砖砌成的烟囱。红烟囱重彩迷离，吐出滔滔的烟浪。

放大了的烟浪里，显现出粗涩的片名——日子

1·黄昏的房檐下

油漆一新的房门，敞开着。黄昏的光晕，红霍霍地泼进新屋。

灶洞里燎出长长的火苗，木质的锅盖上腾起大气。

一只小黑狗跳上灶台，被残阳照得一团灿烂。

身穿红背心的永贵，狠狠蹬了小黑狗一脚，小畜生便"哽哽哽"呻吟着跑了。

永贵退到门外，继续搅拌木槽里的白灰。他将掺在其中的碎麻搅和匀了，便撅起满满一锹灰料，朝门西走去。

门西半拉墙，露着红朗朗的石茬。一位年近五旬的女人，骑着马架，给石墙罩面。傍晚的阳光喷洒过来，为她镀上一层赤金。虽然她的额头

渗出了汗珠，腮上花花搭搭布满了灰点子，但，那好看的大眼、端正的鼻子、棱角分明的嘴唇，都透出了这女人当年爽浪而娇美的风韵。她快速涂刮着外墙，手里的泥抹子黑雀一般灵动。

她的老头子，显得苍老，在暮霞里很像一尊苍黑的根雕。老头子仰在女人肥硕的腚锤下，一勺一勺递着灰浆。

老头子多皱而陶醉的脸，煞是憨懋。

＊老头子低沉、迟缓的画外音："盖房子，过日子。嗨嗨！可惜哟，我——老喽！"

2·门口

女人抹墙抹累了，一屁股拍到门槛上，抓来香烟就抽。嘴咧得大，吐出的浊雾也重。

老头子贴着女人蹲下来，摸出个古旧的布袋，撮出一锅碎烟叶子点燃了。他喏住咝咝叫的烟嘴儿，两眼痴痴地眯着女人，无话。

女人贪婪地吸完半支烟，才算缓过气来，扭头朝屋里喊："永贵！饭好了，按桌子！"

永贵隐在朦胧的暗影里，乖乖答："唉！"

女人抿抿下唇，又追上一句："再烫点酒！"

暗影里的永贵乖乖应："知道啦。"

狗，在下院角"汪汪汪"叫了一阵，为这黄昏里的人家平添了一点喧哗。

女人睨住笑眼觑觑的老头子，满面生花。一睨再睨，睨至良久，她终于敲响了身边的门框，对老头子说："西面这一间，是个刺风头子，睡不了新媳妇，就留着咱俩住吧。"

老头子讷讷道："唉。"

3·街上

谁家的小丫头牵来两头黄牛，从赤焰焰的夕阳光环里姗姗走过。牛，挑起弯弯的犄角，"哞哞哞"发了几声吼，似在吟咏归栏的暮曲。小黑狗赶忙冲上大街，噌噌扑到牛头前面，寻衅滋事，无端放泼，再次"汪汪汪"吵开了。

4·多味的晚餐

一只女人的手，端起酒盅。酒盅里，玉液涣涣。

女人干下一盅酒，嘴里"嗞儿"一响，吐出一个欢畅的音符。

一家三口围着炕桌，又齐齐地喝干了一盅佳酿，都醉头醉脑，神韵恍惚了。似乎——酒也，便是梦；梦也，便是酒。

小黑狗懒懒地趴在炕沿上，伸出舌头乞讨。永贵夹起一块肥肉，戏戏耍耍，抛进了狗嘴。

蓦然间，一个留卷发的胖小子闯进屋，嘻嘻地叫："永贵，跳舞去！"

永贵哑笑着斜瞄了父母一眼，赧赧吭："唉！"当即，他就扶住胖小子的肩膀，晃悠悠地跑了。

老头子和女人，呆了。两人一个咬住筷头，一个含着盅子，无奈地对视着。

5·一间"连二"大屋

大屋里灯火通明，乐曲狂放。

三五村男三五村女，在摇摆中放射出生命的活力。

永贵和一个圆脸姑娘，相伴对舞。圆脸姑娘那张妩媚的圆脸，有如一朵动人的葵花。

卷发胖小子独蹦独跶，与野驴无二。

舞混子们欢快的群相，分外豪放。

6·老头子家

炕上的饭桌，已经收了。

女人叼着烟卷，老头子嘬住大烟斗，同享口福。老两口悠悠闲闲坐在炕席上，有节奏地吐着白雾。

慢慢地，女人说话了："我说你，哎！咱别这么干坐着，打开电视看看吧。"

老头子透透下了炕，绕过一辆天蓝色摩托车，打开了对面柜台上的电视机。荧屏上映出的，是连续剧《末代皇帝》。

老两口随就闲赏皇门戏，有一眼，没一眼，心不在焉。

慢慢地慢慢地，女人打开了哈欠，老头子也打开了哈欠。

女人揉灭烟蒂，无聊地搬过枕头，展开毛巾被，躺下了。老头子忙又透透地下了炕，绕过大摩托，"叭"的一声关了电视。

*老头子低沉、迟缓的画外音："一个小皇上在紫禁城里乱跑，着实没什么好看的。南朝北国的皇帝终归是皇帝，百姓永远是百姓。百姓看皇帝闹乖才叫呆哩，干脆，睡觉！"

7·炕上

灯下，老头老婆脸对脸地躺着，安适，恬默。

蓝花毛巾被搭在二人的小腹上，给人一种生命的象征。

恬默中，窸窸窣窣有了响动。老头子伸出一只粗糙的大手，去摸女人的奶子。

女人一闪，喊喊笑了："别摸！"

老头子竟有些羞，惶惶缩回手，难为情地嘿嘿开了。

少顷，老头子第二次心动，尽将双手伸向女人的胸际，总算捉住了心中的爱物。他诡秘地笑着，脸色讪讪的。这讪讪的面孔仿佛在告诉女人：他今夜摸到的，是两只干涩的梨，却也摸到了岁月的痕迹。

日子　007

8·青纱帐　八月　（老头子沉入了回忆）

青纱帐苍茫而辽远，蕴藏着大地的奥秘。深沉的苍绿中间，已经见了一点秋黄。

密密匝匝的苞谷林里，碎音沙沙，青秸骚动，卷起一股风。

一个二十岁出头的秃小子，身着粗陋的白布衫，肩挂一杆老洋炮，在青纱帐里呼呼穿行着，似头觅食的豹子。

9·花生田

秃小子顺着一条毛毛小道，急急穿行到苞谷林边，便机警地驻了足。他拨开两条障目的苞米叶，视野顿时开阔了，眼前豁然出现一块夹在两片苞谷林中间的花生田。黄花渐落，地果熟了。

而他脚下这条被路人踩成的毛毛小道，正好斜插着穿过幅面不宽的花生田，一直延伸到对面那片苞谷林的地头。一棵大柳树，孤零零地挺立在对面苞谷林地头的草堰上，倒也显现了几分伟岸。随着枝叶的摆动，树下隐约传来哗哗啷啷的流水声。

秃小子盯着大柳树，眼睛一亮，忽又隐进了青纱帐。

10·大柳树下

邻近大柳树的苞谷林边，闪出一个鹅蛋形的粉脸。粉脸躲在两株苞谷秸子空当里，撒泼地嚼着香仁儿；俏丽的嘴丫子，涌出浓艳的白浆。本尤物，正是秃小子窥见的那个偷花生的小女子。

小女子仿佛吃乐了，两只大眼放出灵光，甜甜地瞄着身前那棵落满喳喳山雀的大柳树。大柳树形体壮美，还探出两簇婆娑的枝叶，掩映着一条哗哗流淌的小河。

秃小子迂回突袭，蓦忽出现在鹅蛋形粉脸面前，怒不可遏地骂："馋×！馋，馋×！"

小女子登时慌了，只是"妈呀"一声惊叫，便化成了泥偶，不会动了。白花花的嘴丫子，定定地大张着；鹅蛋形的粉脸上，蹦满了霜粒。她的视觉，她的全部精神空间，完全被从天而降的护秋倌秃小子霸占了。秃小子狰狞的秃脑袋，还有一杆狰狞的老洋炮，都对她构成了无限的恐惧。

刹那之后，小女子醒过神来，想逃。

于是，小女子慌不择路，悸动而盲目地扑向大柳树。

于是，秃小子穷追不舍，紧紧跟近了大柳树。

于是，小女子绕着大柳树，踉踉跄跄兜开了圈子。

于是，秃小子步步紧逼，也围住大柳树拐弯转圈追撵小女子。

转得久了，秃小子难免心烦，忍不住狂号："走！见社长去！"

小女子再次吓蒙了，瘫胎了，浑身哆嗦着，只管嘤嘤地哭："不、不……不见社长……"她胸前那一对凸鼓鼓的乳峰，一耸一耸地跳动着，活像风雨天桃枝上微微抖颤的仙桃，更像两个秀影鲜朗、芬芳诱人的香饽饽。

秃小子遂被小女子奇妙的高胸脯打动了，其凶狠的眼神慢慢平和下来，泛出异样的光泽。

初秋的田野，一片空寂，唯见几只浪浪荡荡的喜鹊，从虚无中呱呱掠过。河面上，印出大柳树的倒影。

秃小子顿了顿，突然嘿嘿笑了，用喷火似的眼睛眯住小女子，说："让我看看奶子，就不抓你。"

小女子很怕，就躲在树荫下，麻木地扯开怀，让他看了。

秃小子看上瘾，就伸手摸那白光光的奶子。一摸，摸出了乱子，秃小子坏事了——血冲脑门，气喘嚯嚯，却不肯松手了。他霎时觉得天旋地转，仿佛自己到了末日。

小女子倚住大柳树，昏昏地合上了眼。

秃小子灵魂出窍，干脆呼啦一把抱起小女子，匆匆钻进了苞谷林。

山风大了，青纱帐里恶浪翻卷。

11·乡道　隆冬

山川一片白。白雪中，铺出逶迤的乡道。

马拉的大红婚轿，马拉的搭有苇棚子贴出红喜字的送亲车，一前一后奔跑在逶迤的乡道上，与皑皑白雪形成绝美的色彩比配。马铃声，唢呐声，锣鼓声，喧嚣着白玉般的世界。

12·槐树篱笆小院

三间露出青石茬子的土屋，真有点无法形容的古老、破败。屋檐下垂有一排明光光的冰凌子，倒是见了几分华丽。枯焦的门框上，贴着大红婚联，使这古老的土屋在破败中显出了些许红火。

土屋前，是一圈槐树枝围成的篱笆。篱笆上托着斑驳的积雪，像是开满了银晃晃的白蔷薇。

四只金唢呐当空欢奏，一鼓二钹依律铿锵，大喜轰噪。秃小子牵着一身红装的新娘，挈过簇簇拥拥的人群，姗姗走进了小院。

隔着篱笆，探过来一张年轻女人的脸，耳轮上方别着一朵醒目的白花。她，是邻院新孀李寡妇。

香案前，众人围观叩拜天地的新郎新娘，起哄寻乐。大家发现新娘子猩红的蒙头布下，露出圆滚滚的、裹着猩红嫁衣的大肚子，都禁不住嬉笑起来了。

李寡妇躲在篱笆后面，也瞥见了新娘子猩红的鼓鼓肚，就低眉掩口，绽现了不可名状的羞容。

欢快的唢呐声，激越的锣鼓点儿，震落一根晶莹的冰凌子，宛如王母娘娘投下一支贺喜的银簪。

秃小子忸忸怩怩揭下了新娘子的蒙头布，豁然曝出一张鹅蛋形的、水灵灵的俏脸。她那乌黑的发髻上，插有一朵赤焰焰的红花。僻壤也是诗画地，偷吃嫩花生的馋丫头，生生做成了红花新娘。

红花迷人，小院里沸腾了。

13·炕上 （老头子回到现实中）

灯已灭，月光尚好，屋子里若明若暗。

老头子笨拙地欠欠身，将毛巾被往上拽了拽，为女人遮住半裸的前胸。挂锄的节气，一天天过去了，夜也渐渐变得爽了。

女人闭着眼睛，似乎已经进入了梦乡。

14·外屋

小黑狗尖苛地叫过几声，便发出了亲昵的呻吟。

永贵过足了舞瘾，顶着一头月光回到新房。他推开虚掩的外门，侧耳朝东屋里听了听，没听出什么动静，就蹑手蹑脚走向自己临时栖身的西山屋子。

蓦地，传来父亲的吆喝："永贵，把门关好！"

永贵一怔，小心地应了声："唉！"遂赶紧回头，关严了入户门。

永贵分明听清，老头子接连又嘟囔了一句："就怕夹了尾巴。"

15·炕上

女人蜷了蜷大腿，扣过裆来压牢老头子的腰，讨舒坦。她猫似的嗅嗅他的前额，鼻孔里射出一股膻风。

老头子很激动，眼睛在月晕里跳跃出一团异光。他轻轻唤着女人的小名，嗲得像个青年人："莲英，还没睡哪？"

女人扭扭肩膀："嗯。"

老头子又问："怎么？犯夜了？"

女人说："有点。白天累了，反倒不想睡。"

老头子打腰眼上拨落女人的腿，嗔怪道："快睡吧！不早了。"

女人喃喃："唉。"

老头子将脑袋搁在枕头上，嘬住咝咝叫的大烟斗，神仙般的安逸。硕大的烟锅里，火光明明灭灭，燎出淡蓝色的雾。不知为什么，他又眯住了女人的胸脯，一只手也轻轻地从毛巾被下面伸过去，揪住了山楂似的乳头。

16·村集　冬（老头子又沉入了回忆）

荒僻的山路，一统凄凉。结婚三年的秃小子，夹着麻花小包袱，行色匆匆。他的下巴，乱糟糟地长满了胡须；抑郁的神态，有如路边的烂石头。妻子莲英腆着圆鼓鼓的大肚子，手里牵着三岁的永福，慢腾腾地尾随在男人身后。她容颜憔悴，可看上去还算俊俏。

关帝庙前，光景萧条。百十个散散拉拉的乡民，二三十处散散拉拉的摊点，难成经济气候。一小堆一小堆用于交易的财富，多半是米糠、橡子、胡萝卜、干菜叶子、地瓜蔓子……

走进集场，莲英说："成儿，你抱抱孩子，看叫人踩着。"

秃小子德成抱起小永福，将包袱递给莲英，兀自往人群里逍遥去了。

莲英独自扛着小花包，一个摊点一个摊点浏览着，眼睛里流泄出难耐的食欲。她重孕在怀，实在受不得饥饿了。走到一摊略显干爽的萝卜缨子前面，她费劲地蹲了下来，看货。她捡起一根碎梗子，像煞有介事地捏了捏，掐了掐；捏掐够了，又咬下一截粗梗尝了尝，讪讪着红了脸。

一个声音在喊："哎，拿衣裳换粮哟！哪位大叔大婶大哥大嫂带衣裳来啦？拿衣裳换粮哟！这年头，肚子要紧，留衣裳没用噢！"那调子情真意切，令人感动："我是你们的经纪人，不是贩子。我一心想替大伙跑跑黑龙江，换点吃的回来哟！北边不缺粮，缺衣裳！"

莲英站起来，瞅瞅手里的小包袱，一颠一颠地循着喊声走向那片金色的诱惑。走到"经纪人"面前，莲英慢慢打开包袱皮，拿出一件猩红的小袄罩，迟疑着递了过去。小袄罩是莲英的宝贝，是她三年前拜天地时穿的嫁衣。

"经纪人"接过衣物，兴奋地抖了抖，抖出一片红光："好衣裳！好衣裳！"旋即他就称出三斤苞米粒，倒进了莲英的小包袱。

莲英拿到香苞米，脸上一喜，默默地走了。她身后，又响起了诱人的呼唤："换粮哟！哎哎，拿衣裳换粮哟！手中有粮，心里不慌噢……！"

德成逍遥了一阵儿，回过头来碰到莲英，发现小包袱瘪了，忙问："衣裳呢？"

莲英高兴地说："换了。"

德成急切地睁大眼睛："换了多少？"

莲英托起小花包袱，美美地笑："喏！三斤。"

德成的眉心顿时蹩成了疙瘩，火火开训："就三斤？瘰货，你叫他熊了！"

莲英两眼闪了闪，显然也反悔了，遂反身找到那个干"经纪"的，一把从衣堆里抓起自己的红裓子，命令似的嘣："再加二斤，不的我就不换了！"

那人很生气，据理辩争："哎呀大嫂，你这就不讲理喽！一件呢子大氅才换二十斤苞米，这我给你三斤就不少啦！"他说着扑向莲英，舞舞扎扎欲夺那件红衣裳。

莲英一急，猛然拱出高高的胸脯吼："你干吗摸我奶子？"

那人一下子僵死了。

莲英一鼓作气，直了嗓子再吼："你干吗摸我奶子？！"

赶集的乡邻们也纷纷围拢过来，冲"经纪人"瞪圆了眼珠。那人一惊，撒腿蹽了。

莲英趁机拉住德成，悄悄离开了集场。红嫁衣还在，反倒白赚了三斤苞米，她脸上暗添了悦色。

* 老头子低沉、诙谐的画外音："嘿嘿（开心地笑），妈巴的，这奶子的故事，真多。"

17·街门口 （现实）

一圈即将砌完的院墙，淘汰了旧时槐树篱笆留下的印象。

女人穿着素花小裓，稳稳站在方凳上，仔仔细细垒砌门垛子。她那张鹅蛋形的早已不再粉嫩的脸，布满了汗水与红砖粉的混合物。老德成弓在门垛子旁边，一块一块为她供应红砖。小黑狗蜷在老德成脚下，哈哧哈哧吐着舌头。

老头子下意识地掂了掂砖块，抬头说："莲英，你歇歇，我来砌。"

女人则抹了把脸上的汗，笑笑呱："不，你笨手笨脚的，干不出好活。"

小院右侧，放着天蓝色大摩托。永贵挺在摩托车后头，使劲搅拌着水泥浆。一个生有葵花般小圆脸的姑娘，提着水桶，小心地为永贵加水。

三头毛驴追逐着掠过小街，发出"嗷嗷嗷"的欢叫。小黑狗例行公务，"嗡"的一声撺向毛驴子，没事讨嫌"汪汪汪"号出了威风。

女人连续摞上几块砖，便停下手来，笑眯眯地瞄住一对青年人，明知故问："永贵，老实说，你俩到底什么关系？"

永贵羞口，不好意思地哽哽着："妈，瞧你问的……什么关系？邻……邻居关系呗！"

女人嘻嘻哈哈，弦外有音地接着嚷："邻居关系？屁话！永贵，我告诉你，老娘掏腰包盖起这处新房子，可正经是留给你娶媳妇用的！"

葵花般圆脸姑娘赧颜了，圆圆的小脸蛋一下子变成了红太阳。

老头子泼乐，也嘿嘿笑了。

18·苹果园

女人戴牢大口罩，高高举着喷雾龙头。龙头喷出伞状白雾，为鲜灵灵的苹果洒上一层露珠。

小黑狗咬住女人的裤脚，哽哽嗲嗲哼唧着，一副表情好不亲香。

老头子和永贵合力推拉喷雾器的摇杆，父子二人的腮帮上，汗泉如注。

苹果园里重彩斑斓，不啻一幅博大的油画。

远处的蝉群，"命命命"地叫。蝉声中，老头子的脸色渐渐冷峻，两眼泛出忧郁的光。

*老头子低沉、迟缓的画外音："咳！这'尖老命'呀，一个劲儿命啊命啊地叫，真讨厌。'命命命、命命命'，什么叫命？我活了五十多岁，也说不清楚唷！"

老头子呸呸吐出两口痰，发狠地摇开了喷雾器。喷雾龙头洒下的伞状雨雾，慢慢变成了飞舞的雪花。

19·二十八年前那个冬天

大雪厚厚地埋葬了小村，白凄凄一方死色。

20·土屋里 （老头子记起了最伤心的往事）

二小子永贵落草两个月了，竟看不出一丝儿孩子轮廓。莲英抱住这个小崽子，如同抱着一只风干了的青蛙。

莲英的狗奶子，瘪瘪的。枯萎的奶头触到婴儿嘴上，连滴血水都挤不出，眼看两个月的永贵就要回去了。

21·土屋前的雪地

用牵线木棍支起的草筛子底下,撒有几把高粱壳子。莲英守在远处,小心地期待着。

忽有大群麻雀,朝雪地上这片黑红色的诱惑俯冲下来,莲英终于扣住了几只倒霉鸟。

22·土屋里

莲英将煮熟的麻雀连着骨头嚼了,吞了,不生奶——她将奶头触到婴儿嘴上,仍然挤不出一滴血水。

23·河边

多雪的河沿上,生有一廊子老杨树。一棵树梢上,搁着一个醒目的鸦巢。

莲英吃力地攀上树丫,从鸦巢里掏出几只鲜蛋。当即她就坐在枝杈上,打破蛋壳,将蛋清、蛋黄全喝了。

寒风撼动枯枝,发出呜呜的哀鸣。

24·土屋里

喝过老鸦蛋的莲英，还是不生奶——她将奶头触到婴儿嘴上，还是挤不出一滴血水。

25·一个昏黑的夜

豆油灯无力地忽闪着，像一团鬼火。

莲英瞅瞅瘫在土炕上的小永贵，哭着对丈夫说："成儿，你去生产队的牛圈里撒目撒目，偷块豆饼来吧，好歹喂他两口，这孩子不行了。"

德成袖着手猫在旮旯里，哽咽道："谁敢偷呀？那犯法呀！"说完他也哭了。

莲英愤怒了，呼地下了炕，破口大骂："你个鳖料，没用的鳖料！你不偷，我去偷！"她甩着蓬乱的头发，一边骂汉子，一边冲向门外。

德成也怒了，一高蹦到房门口，死死拽住莲英，拼命暴嚷："你给我回来！偷，偷，一下子叫民兵抓住，你再怎么见人？不要脸啦?!"

莲英满心不解，反唇相讥："那，那你光要脸不要命啦？咱这孩子也不要命啦？我也不要命啦？我们全家人都不要命啦？"

三岁的永福站在炕沿上，见父母俩疯吵疯闹，吓得哇哇直哭。

26·晨曦里的土屋

窗外，依稀泛起了晨曦的微光。

莲英抱着永贵，领着永福，默默地立在房门口。她望着炕头上睡意正酣的丈夫，落下了一滴寒泪。

27·晨曦里的小院

夜里下了一场新雪。地面上白蒙蒙的，槐枝篱笆上白蒙蒙的。

莲英抱着小的，领着大的，悄悄蹑出了街门。

28·村东头的雪岗子

莲英抱着小的，领着大的，扑哧扑哧地踩着积雪往东走。苍白的雪岗上，留下两行一大一小歪歪扭扭的脚印。

母子三人的身影，掠过雪岗旁边的祖坟，慢慢远去了。

29·德成一觉醒来

德成一觉醒来，发现自己的土屋成了空巢，老婆孩子都不见了。他大惊失色，惶惶叫："莲英！莲英——！"

世界一片哀寂。

德成披上棉袄，扑到门口，见小院里的新雪上印出两行清清楚楚的脚窝，他即顺着脚窝往外跑，边跑边喊："莲英！莲英！莲英啊……！"

德成追到村东头的雪岗上，留给他的依旧是两行歪歪扭扭、渐行渐远的脚印。当下他恍然大悟，面朝祖坟捶胸顿足地悲号起来了："我的祖宗啊——！"

30·篱笆院里

日上三竿了，德成才无精打采地走回土屋。两脚蹚着小院里的雪，他软软地打了个趔趄。

邻院李寡妇，从篱笆后面送来哀怜的目光。

31·土屋里

德成泪眼汪汪地蜷缩在炕梢上，像一条孤苦伶仃的狗。

李寡妇轻轻推开房门走进来，拿出一个黑黑巴巴夹有烂菜叶的窝窝头，默默地递给了德成。

德成久久地看着李寡妇，久久地看着黑窝头，久久久久。突然，他一把抢过窝头来，狼吞虎咽地啃光了。

李寡妇的脸上，泛起了慰藉。

32·田野　夏（大约过了半年）

德成背着一捆晒干了能换成零花钱的大草，从稀疏的高粱地里钻出来，一屁股坐到了堰埂上。他饿了，饥肠辘辘，实在是挪不动步了。于是，他取出两根方才从高粱废株上掰下的"乌米"棒，急忙剥开绿裤裤，急忙咬下一口乌米肉，贪婪地咀嚼着，贪婪地吞咽着；两片厚唇上，糊满黑漆漆的黏沫。

依稀解了点饿，德成便站起来，望着对面刚灌浆的苞谷林，眼睛里流露出庄稼人独有的希冀。他似乎在呐喊：那青光光的叶子快变黄吧！快让我填饱肚子吧！庄稼人渴望绿色的生存、金色的温饱！

德成的目光，缘着苞谷林飞了一圈又一圈，仿佛在拜赏庄稼人自己生命中固有的诗意与赋韵。蓦地，他一咬牙，竟风火火地闯进苞米地，咔咔掰下了五穗青棒子。回过头，他慌慌张张将青棒子塞进草捆里，妥妥实实藏严了。紧接着，他背起草捆子，急匆匆地溜了。

往年的护秋倌，今却偷了青；这莫大的反差，令他六神无主。他不得不狠抄近路，横穿村东荒芜的祖坟，直奔自家荒芜的小院。

33·小院

德成背着草捆子，跌跌撞撞扎进了小院。到了房檐下，他紧紧贴住篱笆墙，小声唤："嫂子！嫂子！"

李寡妇抓着一把菜叶走出来，惊异地挨近篱笆桩，急问："干什么？"

德成瞅瞅四下里没人，连忙从草捆内心抽出三穗苞米棒子，慌慌递给了李寡妇。李寡妇接过稀罕物，一闪身，躲进屋。

房檐下的燕子，喳喳嬉戏。

34·土屋里

德成剥开剩下的两穗青苞米，生啃。他喀嚓喀嚓地啃食着，胡楂上挂满乱糟糟的苞米缨子。奶液似的米肉白浆，溅了他一脸。

啃完了，德成随手将苞米骨子扔进炕洞里，一头歪到炕梢上，疲惫地合上了眼。

梦中，永福永贵将干瘪的小手伸过来，夺他嘴上的青棒子："爸！爸爸——！"

德成惊醒了，发现是李寡妇站在自己面前。李寡妇用白毛巾托着三穗煮熟的嫩苞米，温情脉脉地递给他。

德成推开李寡妇的手，连连说："你吃，你吃，这是给你的。"

李寡妇问："那你呢？"

德成揉揉眼睛，吭："我……饱啦，饱啦。"

李寡妇发现了粘在他胡楂上的乱缨子，就嗔怪着白了他一眼，难过地嗫："怎么？生啃啦？"

德成苦笑着埋下了脑袋。

李寡妇往前靠了靠，说："来，再吃点，你啃两穗，我啃一穗。"她的两眼，放射出芬芳的光。

德成痴痴地抬起头，痴痴地盯住李寡妇，觉得心慌意乱，恍若自己已被她芬芳的目光熔化了。终于，德成激动地扑上来，伸出两手紧紧捧住了李寡妇的脸，噗出一口强劲、暴热、饱含雄性异香的大气。李寡妇也就软软地倒下了，倒进德成怀里，倒向残破的土炕……

35·李寡妇家　夜　（大约又过了若干年）

炕梢上摆着一口旧式堂箱，箱顶上整整齐齐放着一条麻花被。

李寡妇和德成围着炕桌吃饭，桌子中央只有一小碟咸瓜条。

豆油灯苗忽闪忽闪地晃悠着，映出二人虚幻的轮廓。

德成呼隆呼隆喝着半粮半菜的稀粥，似有不尽的香甜。李寡妇只是小口小口地咽，两眼多情地眯住了德成。

德成一碗喝净，李寡妇又将自己碗里的菜糊糊拨出一半给德成，然后她就干脆停了筷，不眨眼地端详着眼前男人凶猛的吃相。

半碗粥不一会儿又被德成喝光，李寡妇接连举起剩下的半碗粥，要全部倒进德成碗里。德成感激地将那最后半碗菜粥推回来，讪讪道："你喝你喝，你喝吧。"两束火烫的目光，也重重地射向李寡妇。

李寡妇没再喝粥，倒是满怀心思地下了炕，从北墙边的米柜里拿出一件干干净净的棉衣，递给德成说："你的棉袄，我做好了，穿上试试。"

德成穿上新袄，在李寡妇眼前转转身子，高兴地咧开了大嘴。

李寡妇随就扯了扯德成的袄襟，拍了拍德成的胸脯，嘻嘻讪笑着揽过德成抱住了。

36·村街　秋后

德成身穿新棉袄,牵着瘦削的毛驴,颠颠儿拐上一趟小街。毛驴背上,驮有半麻袋粮食。

迎面驶来一辆牛车,载着高高一垛楂子,从德成身边缓缓擦过。小街上,响起车夫如歌的驭牛谣:"咧咧,嗒,咧咧咧,嗒嗒,嗒嗒嗒嗒……"

37·李寡妇家小院

德成牵着毛驴走进小院,李寡妇乐颠颠地从屋里迎出来了。

德成将毛驴拴在枣树上,朝迎上来的李寡妇说:"这是你半年口粮,一百二十斤。剩下的一百二,吃返销。"

李寡妇好像啥话都没听见似的,自管急火火地将德成拽到一边,说:"她有信了。"

德成懵懂,问:"谁有信了?"

李寡妇一扭嘴,笑道:"你老婆,你老婆有信啦。"这寡娘们说着,将一封信递给德成,又笑,"喏,大队会计送给你的,叫我撕开看了。她真行,还给你寄来一百斤全国粮票呢。"

德成惊讶地打开信皮,抓出夹在信页里的粮票,不喘气地往下读信。读罢,他脸都白了,手也不知不觉地松开了;信纸和粮票,纷纷扬扬撒落一地。

远处，晃动着缥缥缈缈的山影。

＊老头子低沉、迟缓的画外音："八年后，莲英才来了信，说她在北大荒嫁了一个富佬，过得挺好。这事，真叫我伤透了心。好在那年月，西院里有个寡妇嫂子，精心为我缝缝补补、洗洗浆浆，才让我的日子有了着落。没法子，混吧！"

38·李寡妇家　傍晚

李寡妇对准镜子，抚揉眼角的鱼尾纹，哼哼唧唧唱着一支古老的歌。

德成一头闯进来，把李寡妇吓了一跳。就见德成从怀里掏出一块蓝色条绒布，乐哈哈地捅向李寡妇："给！"

李寡妇接过布，用手一摸，惊喜地叫："这么好的料子，哪来的？"

德成道："买的！哪来的？"

李寡妇又问："你哪来的钱？"

德成顿了顿，说："北大荒那娘们，刚寄来五十块。"

李寡妇莞尔一笑，随手抖开布料，美美地披在身上了。蓝绒似水，粼光闪烁，模样嫋娟的李寡妇，笃像披了一身蓝莹莹的瀑布。

39·南山　冬

山坡上，冰封雪裹。稀稀拉拉的柞树棵子，挑着灰褐色的枯叶，物象肃杀。德成带着李寡妇，在山坡上艰难蹀躞，专意撬打柞木疙瘩。李寡妇穿着用德成买来的好布缝制的罩衫，走在盖满青冰白雪的山林间，酷如一只漂亮的蓝孔雀。

德成很有力气，生生将那些顽石般的柞木疙瘩头撬了下来。矫矫健健一位壮汉，戴牢黑蓬蓬的狗皮帽，扭动粗实又轻灵的腰身，一镢头一镢头地抡着、砸着、刨着，手扬风起，山响铿锵。他嘴里哈出的热气，在胡须上、眉梢上凝结成密集的霜粒，令其活鲜鲜就像一个开山劈岭的猿人。

偶然，一个被撬掉的木疙瘩，顺着镢头力的方向，"嗖"的一声朝山下飞去了。

李寡妇眼看着得来不易的新收获，从她面前飘然消失，禁不住俏皮地吟了一声："啧啧，鬼东西，还长腿哩，跑喽。"随说，她就站起身，一跳一滑地往山下走，寻找失去的果实。

德成见情，断然停下手里活儿，不放心地嘣："拉倒吧，别去找啦。"

李寡妇主意不改，执拗地应："那多可惜呀？一个大疙瘩头，劈碎了，足够做好一顿饭呢！"

珍惜德成每一粒汗豆的李寡妇，渐渐隐没在坡坎下的柞丛中。

倏忽，山下传来李寡妇的惨叫："啊——！"

德成听了，立刻扔下镢头，不要命地往山下跑。他似乎意识到，南山发生了不幸。

德成跑到悬崖边，探头一望，看见几丈深的崖底，躺着一个血糊糊的女人。免不了，他肝肠寸断，岔了声地喊："嫂子——！"

40·南山崖底

德成连滚带爬蹿到崖底,拼命摇晃李寡妇的肩膀,哀哀大叫:"嫂子!嫂子——!"然而,李寡妇再也听不见他的叫声了。她安详地睡在冰雪上,脸颊依稀还带着微笑。

德成一头扑倒在李寡妇身上,凄惨地号啕起来了:"嫂子!嫂子!我的好嫂子啊——!我的好嫂子啊……"

哭声,震颤了山峦。

*老头子低沉、迟缓的画外音:"李寡妇是个好人。只是她哟,寿数不长,年轻轻的就死了。唉!可怜见的。"

41·苹果园 (老头子回到了今天)

喷雾龙头喷出的伞状雨雾,在阳光下耀出七彩光轮。女人裹在光轮里,无比瑰丽,不啻一个仙子。

42·河边 傍晚

水面上,浮起一层碎金。那是晚霞的回光。

一家三口涮净喷雾器,便撒泼地洗脸、洗胳膊、洗腿,洗出一身爽快。

女人捧起河水,饱饱地吸进嘴,鼓着腮帮漱了漱口,又"噗"的一声把浊液吐出来，问老头子："打过这次药，就成了吧？"

老头子睐住女人，草草抹掉脸上的水珠，说："嗯，打完这一回，就混到秋了。"

洗涮完毕，三口人上了岸，披着霞光回村。

小黑狗却不肯离水，疯追一群在河面上打飞漂的鱼，乐得摇头摆尾。好一副妖异怪诞的小样儿，分明像是一条黑精灵。

43·一间"连二"大屋　夜

大屋里依旧灯火通明，乐曲狂放。舞混子们一张张欢活的脸，便是一篇篇青春的宣言。

永贵拉着那位生有葵花般圆脸姑娘的手，舞得还算潇洒。他抬高胳膊，让姑娘旋转了一个拍节，便嬉戏着贴近葵花脸，说："我妈看上你了。"

圆脸姑娘故作矜持，娇嗔地哼："你妈看上我顶屁？"

永贵仍然嬉戏着，酸溜溜地嗫："顶屁？收你做儿媳妇呀！"

圆脸姑娘遂扮怪脸，鼻一蹙，嘴一歪："耶——"

永贵蛮是得意，舞姿更浪。稍一顿，他又火辣辣地盯住圆脸姑娘，自谑式地呱："本小伙真话直说，卡虎吗？"

圆脸姑娘扑哧一声笑了："不卡虎。"

44·老德成家　夜深了

窗外电闪雷鸣，大雨滂沱。

老德成噙住大烟斗坐在炕上，望着窗外昏黑的雨幕出神。女人趴在毛巾被里，连声嗔责："又不睡了又不睡了，好好一个老头子，发的什么呆？喊！"

老头子讷讷道："睡不着呀。雨这么大，那药算是白打了。"

女人吁口气，不屑地放出连珠炮："白打了就白打了，人一辈子白干的事多了。雨停了，再打一遍就是啦！"

老头子往窗台上磕磕烟斗，吭："那是钱哪！"

女人更烦了，又哼："钱是人挣的，有人就有钱。"她愣猛拽了老头子一把，发出命令，"快睡！睡好了，明一早我带你上山捡蘑菇！"

老头子微笑着瞥了女人一眼，讪讪嗫："你呀，都这大岁数了，还像年轻时那般野性。好哇，好哇。"说罢，他在一阵雷鸣声中躺了下来。

45·南山　晴日

雨后的阳光分外火烈，将古老的南山照得明明秀秀、清清丽丽。绿茵茵的山坳里，浮动着薄纱般的岚气。

女人和老头子，悠然融入山坡上的柞林。两个游移的身影，时隐时现。

老两口一人扛着一个大筐，一人握住一把镰刀，仔细搜索着湿润的视野。二人的头发上，落满银花花的水珠；衣襟、裤脚和胶鞋，也被树叶草叶上的积水，打得湿淋淋的。粗陋的长腰筐里，装满鸡腿儿、辣窝儿、松树滑，好一揽子收成。

半空中，百鸟曼舞，咕咕嘎嘎唱出不同种族的山歌。草地上，芳菲繁荣，遍布红黄白紫五颜六色的石竹花、金针花、老姑花、马兰花……

天地和瑞，风光大美。

女人用镰刀拨开柞枝，从树墩下掏出一窝亮鲜鲜的红盖儿，朝老头子嚷："嗨！好运气，碰上小红蘑啦，我可是有年头儿没喝过红蘑菇汤了。"

老头子遂把脑袋转向女人，眯了眼，嘿嘿道："那就多捡点，拿回去晒成干儿，天天熬汤喝。"

女人拾净红盖儿，站起来抻抻腰，四下里望了望，喃喃喋："这山上的树，好像比早先多了。"

老头子呵呵一乐，说："年景好了，新栽了一大些，当然就多啦。"

女人兴致勃勃，蹽开两脚，扑扑噜噜，钻树缝，跨草沟，满山寻觅鲜菌芽。

一条五尺青蛇，长拖拖舒缓缓蜿蜒在绿草上，独享浪漫。

女人偶遇大长虫，"妈呀妈呀"暴嗓嘶叫，惊天动地。慌恐之际，她下意识往后一退，竟一跤摔倒在烂泥里，接连就顺着斜坡骨骨碌碌滚远了。筐里的蘑菇，呈扇形撒满了坡地。

老头子见状，纵身冲入险境。他抓住大青蛇的尾巴，呼呼抡过了三大圈，"嗖"一声抛向云端。

女人从烂泥里爬起来，脸上、身上都沾满了泥花和乱草，脏兮兮的没了模样。

老头子赶忙搀住女人，嗔怪道："瞧你这点出息，能叫一条长虫吓瘫了。甩出一镰刀，还不挑断了它?!"

女人抬眼看看老头子，难为情地笑了："嗨嗨嗨！我要是有那能耐，可就成了没卵子大爷喽。"

老头子找回长腰筐，女人也慢慢安定下来了。两口子重整旗鼓，将散落在斜坡上的蘑菇一个不漏地收进大筐里。

46·房盖上

女人蹬着梯子，一个一个捡起大筐里的蘑菇，摆到瓦片上。

房檐下，新挂了一串通红的尖辣椒。

47·河湾　夜

月色朦胧，夜幕下的河湾分外幽静。听不见风的呼吸，只有零零碎碎的虫声、蛙声，忽起忽落。

女人漫泡水里，露出丰腴的双肩。浣涮过的头发，泛着青光。双掌一撸两颊，女人笑了："洗洗吧，洗洗吧。在山上整成了泥猴，浑身都臭哩。"

老头子浸在女人身后，轻轻为她搓搓脊背，也笑了。

女人问:"我回来这些日子,是不是胖了点?"

老头子吭:"嗯,胖了。"

女人嗲嗓咯咯,又笑了:"可别再胖啦,再胖我就圆圆了。"

老头子摇摇头,说:"还是胖点好,胖点富态。"

女人扭过脖子斜视老头子一眼,嘻嘻拂了下水面,激起一个漂亮的漩涡。突然,她一猛子扎进水里,向下游泅去了。

老头子紧跟着放倒裸肢,扑浪扒水打狗泡,匆匆追赶自己的女人。

两人肩并肩漂浮在月色里,揉碎平静的河面,似一对生动的娃娃鱼。

48·地堰上

月光,一统天下,万物诗化了。

满田苞米叶子,被夜露上足了水分,硬邦邦的如同一片驴耳朵。地堰上的草,很厚,铺成一条染透月晕的长毯。老头老婆带着一身沐浴后的爽劲,一前一后走在厚厚的长毯上,满心快慰。

不远处,有两个张灯明烛的窗口,窗口里传出欢快的舞曲。

49·村口

村口老槐树下,也是月亮的世界。两个模模糊糊的人影,固定在树影里,为月亮世界平添了神秘。

女人眼灵,迎头发现了神秘人影,便敏感地拉住老头子,驻了足。

老头子压低声音，问："你看见什么啦？"

女人一把捂住老头子的嘴，继而蹑手蹑脚，向神秘人影秘密靠拢。

50·人影

神秘人影，醉享月华，窃窃私语。

这两个窃窃私语的人影，发现另有两个人影悄然扑向他们，就立马大开厉口，暴出一声吼："谁？！"

女人辨出是儿子在喊，遂陡然停脚，同时将手电筒直指老槐树下猛一闪曝了光。她想给儿子来个突袭，看看臭小子究竟在干什么勾当。光圈里，但见一个姑娘"妈呀"一声扑到永贵怀里，露出一张葵花般的圆脸。

女人登时乐了，响呱呱地嘣："别怕！是我呀，你妈——！"旋即她就闭掉光源，拽上老头子"哈哈哈"大笑着跑了。

51·老德成家　白天

女人系着白围裙，站在菜墩旁边，"嗒嗒嗒"切着土豆丝。

灶洞里生着火，锅盖上冒出蒸汽。

就听小院里，传来摩托车刹闸的声音。

永贵拱进门，乐颠颠地叫："妈，酒买来啦。西凤，涨到二十五块一瓶呢！"

女人只顾"嗒嗒"改刀，头也没抬地说："放好。放好了快到果园去，帮你爸搒草！"

永贵听话地嗫："唉！"遂把酒盒子搁进里屋，反身到锅台上捏起个肉丸填进嘴里，钻出房门大步流星地走了。

女人揭开锅，铲出白生生的米饭。她把几个掉在锅台上的米粒捡起来，搁进嘴里香香甜甜地嚼了。

女人精心烹调，一锅一锅煎着，一锅一锅炒着，一碟一碟盛满菜肴，一碟一碟端上炕桌。

52·乡道

太阳只剩两竿子高，眼看就要落山。

女人依旧捆着围裙，走进两片苞谷林夹成的乡道。

小黑狗跟在女人身后，兴奋地摆着尾巴。

女人轻盈地跨过几块石板，来到小河中央。清凌凌的碧水，从她脚下哗哗流过。疲劳的太阳，被她的身子遮住，于是烈烈光晕便从她背后贴着身体周边扑射过来，将其塑成了熠熠生辉的动态金偶，仿佛她自己变成了一尊会发光的活金刚。

女人过了小河，直奔自家的果园。小黑狗擦过女主人，急切地跑在头里。

53·苹果园

一簇簇绿苹果，如绿宝石似的，压弯了枝条。老德成巧伸两臂探出锄头，一下一下刨着、拉着、刮着，为果树盘子松土。锄板下，一撮撮杂草也同时全被铲除了。永贵蹲在树盘子边沿，吭吭发力，薅掉雨后疯长的青蒿。夕阳的光芒，从树枝缝隙里洒落下来，将父子俩染得花花斑斑，尽显风采。

女人钻进果园，大老远就喊："回家吃饭喽！"

老头子见到女人，嘿嘿笑了一声，又把锄头伸出去，耠开深深一层硬土。

永贵使劲拔出一棵大蒿子，甩链球似的往天上一丢，搓搓泥手来到父亲身边，说："爸，回家吧。"

老头子喘息着，嗫："等等，等我把这个树盘子耪完了，再走。"

女人跄上一步，不容分说夺下老头子的锄把儿，轰撵道："今天是你的生日，早点收工。快，快回家，喝酒去！"

老头子无奈，只好跟在女人丰满灵动的屁股后面，姗姗地离开了果园。

54·老德成家炕上　傍晚

炕桌上，摆满花花绿绿的菜。一瓶西凤酒旁边，放着一个古色古香的瓷壶。三只马眼盅，呈品字形占据了桌面上三个角落。

一家三口稳稳地上了炕，盘腿坐定，喜气洋洋。

*老头子低沉、迟缓的画外音："今天，是我五十四岁大寿的正日。老婆、儿子凭着好年景，满满当当置办了一桌好嚼果，为我祝寿。嗨嗨，日子好啦，当乐则乐。"

女人先给老头子斟满一盅酒，然后分别给自己和儿子各斟了一盅酒，随手举起酒盅说："来，永贵，咱俩敬你爸一杯！"

永贵颇为响应地"唉"了声，平平地端起了酒盅。

老头子嘿嘿着看了看女人和儿子，嘿嘿着举高了马眼盅，嘿嘿着喝下了第一盅寿酒。

见老寿星干杯了，娘儿俩才"嗞儿"一嘬，吮呷了一口芳醇。

老头子心花怒放，自顾伸出粗黑的手，频频朝老婆、儿子比画着："来来来，吃菜，吃菜！"

女人揽得一块鸡蛋饼，嚼咕嚼咕咽了，速为老头子续满了酒。接着，她撕下一块鸡腿肉，笑吟吟地递到老头子嘴边。老头子脸一扭，嘿嘿着嚷："你吃，你吃呀！"

女人不吃。老头子推不过，便接过那块肉，递给了永贵。永贵自然又把那块精肉送回父亲面前，喊："哎呀！啰唆，叫你吃你就吃嘛！"

老头子终于眯着笑眼，吞下了鸡腿肉。

天色渐渐暗下来，女人吧嗒一声拽下拉线开关，日光灯亮了。

一家三口喝着喝着，便都恍惚了，嘻嘻哈哈生出了酒笑。

一个刚放学的男童，冷不丁撞开门扉，将一个信封撂到炕沿上，慌慌叫："你家的信！"见人家正在吃饭，男童猛一闪身，跑掉了。

永贵抓起两个油炸丸子，要塞给送信的小孩。他朝门外追出几步，见孩子跑远了，就只好返回来，重新坐下了。少不得，他捡起那封信，顺眼瞅了瞅，道："哦，小玲来的。"

女人听罢，眼睑一振，即喷着酒气，笑嗨嗨地嚷："嗯？小玲来的？快念念，看她娘的放了些什么狗屁？"

永贵心不在焉地抽出信央，草草瞄了几眼。瞄过，他就艮住了，老半天没念出一个字。

女人急了，火火地夺过信来自己看。就见她酡红的酒脸，也渐渐冷却、硬化，仿佛一块年久失色的木刻。

老头子呷着酒，依稀从母子二人的脸色上察出了蹊跷，便呼啦一把抢过信纸扫视开了。遂有几行密集的黑字，像黑鹞子一样扑过来，啄疼他的眼。

* —— 一个女孩伤情的画外音："妈，你快回来吧！回家吧！爸爸病了，咳嗽得厉害。爸爸想你，天天念叨你。今早他还告诉我，说梦见你回来了，给他带回一大包红苹果。妈，回来吧，快快回来吧！你回来了，爸爸的病就好啦……"

老头子不等读完，就将那信央嚓嚓撕了个粉碎，野狼似的跳起来狂吼："不不不不不回去！（怒指女人）你不能回去！这里是咱们的家，这里才是你的家！怎就半路妈×钻出个狗老二？我戳他奶奶啦——！"

盛怒之下，老头子干脆玩命地仰起脖，将整个玻璃瓶子倒竖过来，口含瓶嘴咕嘟咕嘟直往喉咙里灌烈酒，呛出一阵嗷呜嗷呜的哀嘶。

永贵立刻扑向父亲，夺酒瓶，惊慌失措地叫："爸！哎呀爸，你慢点,慢点!"却让老头子一胳膊甩出来,把他拨到了炕梢。

女人两手薅住自己的头发,狠狠挣扎过一阵,就猛一巴掌打掉老头子手里的酒瓶,咆哮道:"别喝啦!别喝啦!!"玻璃瓶子斜冲炕沿翻滚两圈,落到青砖地面上,当即爆碎。芬芳的残液,溅满了小康世界。

永贵骇然愣在炕旮旯,呆呆望着他的父母。

老头子慢慢镇定下来,凄凄惶惶问女人:"那你回去吗?"

女人失神地摇摇头,喃喃道:"不回去。"

女人凝固了,久久僵在灯晕里,一动不动。她那灰暗的眼睛,似两个黑洞。

55・同上 夜

老头老婆躺在炕上,紧紧相偎着,沉默再沉默,像两座山。

挂钟当当敲完两响,子夜早过了。

老头子轻轻推了女人一把,又问:"莲英,你想回去吗?"

女人咬死了:"不!"

老头子听了,慰然翻了个身,长舒了一口气。

*老头子低沉、迟缓的画外音:"那年,我捏着信根找到北大荒,见过那个富佬。说起来呀,他也是个挺厚道的汉子。"

56·北疆一个小站　四月（老头子想起了那一年初春）

三十七岁的德成，穿着一身油渍麻花的光棉袄，两眼顾盼着走出了小站。小站的门脸上，涂有三个字——拉哈站。

已是四月天，街上融尽了冰雪，却春寒料峭。零零落落的行人，衣着臃肿。

57·大草甸子里的堡子

一群灰褐色的草房，坐落在农田边缘的大草甸子里。枯黄的草棵子随风摇曳，掩映着死气沉沉的农家堡子。

来到堡子前头，德成拿出信根瞅了瞅，朝两个迎面走来的、身穿时髦绿军装的姑娘讪讪探询："哎哎，我打听一下，吴莲英家住哪儿？"

俩姑娘相对一笑，转过脸说："喏，你就顺着这条水沟往北走吧，走到头就到了。"音落，二女摩肩擦膀地跑了。

德成捋着沟沿，踟蹰举步，不无惶惑。

偶由水沟外的苇丛里，奔来一个散裹老皮袄的男人。男人拎着一串冻硬了的鲫鱼，急蹿双腿，行色匆匆。

德成等他踏过了水沟上的小木桥，便微笑着凑上去，腼腼腆腆、结结巴巴地问："哎大哥，吴吴、吴莲英家，住哪儿？"

穿老皮袄的汉子一怔，慌慌反问："啥？吴莲英？"

德成讷讷答："唉。"

那汉子惊诧地审视着瘦骨嶙峋的陌生人，追问道："你哪来的？"

德成吭："南边。"

那汉子思忖了好一个时辰，才噎着嗓子哼："跟我走吧。"

德成诚惶诚恐地"唉"了一声，随那汉子郁郁着去了。

58・泥街

德成乖乖地跟住那汉子，拐过了一条泥街，又拐过了一条泥街。街两侧，清一色全是干打垒黑泥草房。

59・那汉子家

一道土打的院墙，围拢着两间矮趴趴的草屋。

德成背着包袱，下意识地随那汉子走进小院，走进草屋，忽一下惊呆了。就见与他分别了十多年的妻子莲英，出其意料地叼着一棵烟卷，正俯在灶台上哗哗刷锅呢。

莲英听到怪动静，见北地汉子身后跟进一个人来，仔细一瞅，竟是德成，她那一张鹅蛋形的俏脸登时变成了红饼子。不无尴尬地吐掉烟棒，她就忘形地盯住梦里人，目不转睛了。

那汉子，显然明白其中就里，便不哼不哈、无言无语，径自溜进里屋去了。

于是，一对分别多年的结发夫妻，就站在外屋灶台旁久久对视着，说不出一句话来。

十五岁的永福和十三岁的永贵，带着妹妹小玲疯逗家养的小白猫，乐极生痴，压根没有注意到屋里的变局。

莲英朝玩兴正浓的孩子们瞟了瞟，便抖着两腿趔出几步，一把拉住大小子永福，指指德成哽咽道："他是你爸。"

永福这才发现了曾在自己幼小心灵里留下过一点记忆的父亲，遂就默默地扑过去，接下了爸爸手里的脏包袱。

永贵和小玲，则用惊异的目光，瞪着眼前的不速之客。

60·同上

一铺大炕上，那汉子和德成围着炕桌，开怀痛饮。两只大白碗里，盛满明晃晃的烧酒。

德成刚把一碗酒喝光，那汉子就抓起酒瓶汩汩汩给他添满了一碗，豪爽地嚷："喝！喝！狠劲喝！谁喝足了，谁就是神仙啊！兄弟，你来北大荒两三天了，也应该有点感觉啦。你看，我们这疙瘩咋样？"

德成咂咂嘴，醉咧咧地呱："不错啊，不错！不愁吃不愁喝不愁烧的，好地方。"

那汉子亦有些醉意，便不顾深浅，也似乎通情达理，兴冲冲地嘣："那——那你就留在我这儿吧！咱俩这屌情况，咋整？一铺炕，一锅粥，一壶酒，稀里糊涂闹去呗，好光景噢！"

听过这嗑儿，德成嘿嘿笑着，一边低下头去抿大碗里的酒，一边斜着酒眼觑向那汉子，默不作声了。

在外屋做菜的女人，也听清了后汉子多滋多味的酒话，不免心颤了。两难女，霎时觉得不再两难，她又美又羞，又喜又臊，嘴角咧成了花。当下，她讪讪点燃了一棵烟，大口大口嘬吸着，妙舞双手，煎炒烹炸，满面春风。

锅里爆响，香雾升腾。小玲趴在灶台上，馋得淌涎了。

61 · 荒野

永福拖着猎枪，和弟弟永贵在荒草丛里奔跑，狠追逃窜的野兔。

茫茫大草甸子，被两个男孩的身影撕碎了。大群大群野鸽，贴着荒草横飞。

62 · 那汉子家

炕上，二男饮酒，越喝越猛。小玲也上了桌，用筷头放肆地翻扒着碟子里的杂物，寻找舌尖所爱。

那汉子屡屡同德成碰响酒碗，"当"，"当"，声音好脆。女人袖手站在炕沿下，热眼瞟着两个男人，似有陶醉。

突然，门被撞开。永福永贵四臂合力，抬进一只血淋淋的狍子。

永福站定，啪啪拍掉粘在身上的草叶，朝母亲大声招呼："妈，快弄，给爸尝尝！这个小狍子真肥，肯定香。"

德成饧着一双酒眼，傻眯眯望着屋地上的猎物，漾出了纯真而蒙昧的憨态。莫非，他有点惚惚了？自个的狗命里，怎就妈巴的苦尽甘来啦？

但见那汉子放下酒碗，"呼"的一声下了炕，对女人说："把刀拿来。"他遂挽上衣袖，单手将死狍子抓起来，放到一块木板上。

女人递来刀具，汉子略施小技，极熟练地剥下狍子皮，剜出了一挂挂鲜肉。他大喘一口酒气，又冲女人喊："生火，烧水，烀！"

女人咯咯应答着，拎上鲜肉喜兴兴地去了。

63·灶间

女人揭开锅，肉香吸引了全家人。

德成来到灶前，好奇地瞄着锅里的野味，暗咽涎津。那汉子上手捞起一条小腿，径直递给德成，呵呵道："造吧！"

德成使劲咬下一口肉枣，嚼了嚼，品了品，嘿嘿笑了。

永福、永贵的脸，升起了天然的欢乐。

*老头子低沉、迟缓的画外音："乍开头，那汉子忒仁义，真够味，实实惠惠猫在家里陪我喝酒。女人自然是又煎又炒，欢天喜地。永福永贵小哥俩，还打回来一只野狍子，叫我尝了鲜儿。"

64·大炕上 夜

女人心里，五味杂陈，百绪翻涌。患难夫妻，情恩难泯，女人索性不顾羞臊抹下脸来，笃意要和德成明里暗里挨近一些，还他一份久违的温存。于是乎，北地特有的通铺大炕上，奇景独现了，从炕头到炕梢，依次躺着那汉子、女人、小玲、德成、永贵、永福。

黑影里，永福、永贵和小玲，发出了轻柔细碎的呼噜声。

那汉子使一条胳膊搂住女人，无事，入静，仿佛也睡着了。

德成强烈地嗅见了老婆味，切切情动，随就胆怯地嘘着气，忍不住伸出一只手，越过小玲，去摸女人的奶子。然而，他摸到的，却是那汉子已经揪住女人乳头的大爪子。大爪子守土不让，狠劲一扒拉，就把德成的手拨开了。

便有一声嘹亮的咳嗽，由炕头传出，似为户主孤意不贰的回音：满屋里只此一铺炕，大伙窝在一块堆儿，稀里马虎坐坐躺躺歇歇腿脚，俺倒不太在意，是能够将就的。唯独这个骚奶子，可不许乱摸的！

德成遭受惊吓，惶惶将手抽回来，不小心碰醒了小玲。

小玲遂像一个不安分的猴崽子，又挥拳又蹬腿发出了嗷嗷啼哭声。小冤家一边哭，一边推搡身旁这个也被俩哥哥称为爸爸的外乡人，不停地吵："你别挤我，你靠一边去，别挤我呀！你走，你走，你走开——！"

德成被小玲揉得没了主意，只好欠欠屁股，往儿子身边挪了挪。千里迢迢找到了老婆，他却无法再与自己的老婆亲密了。

女人的眼，紧闭着。而两颗关不住的泪珠，顽强地涌出眼睑。

小玲的哭声，越来越响，响彻夜空，令人发瘆。

睡在炕头尊位上的汉子，渐感草屋里乱局之苦，就不耐烦地侧过身去，掩耳偷安。未过须臾，他干脆呼呼隆隆下了炕，披上老皮袄，"砰"

的一声摔上门，走掉了。

65·灶间　晨

半锅大楂子粥已煮好，女人含着眼泪往碗里盛饭。忽见后汉子从门外拱进来，女人赶紧抹抹泪，勉强地朝他笑了笑。

那汉子就在灶台旁边停下，凶狠地瞪了女人一眼。之后，他便抓起四只空碗，疯狂地砸向硬陶水缸，啪啪摔了个粉碎。怒犹未息，他又抓起两只已经盛满稀饭的大碗，也朝水缸摔去了。黄灿灿的大楂子粥，乱糟糟黏糊糊地泼了一地。

女人僵愕，傻了。

66·炕上

德成和三个孩子，围住炕桌，等待吃饭。

那汉子摔过碗，便气哼哼地钻进里屋，跳上大炕，疯疯癫癫拱到炕梢上，死野猪似的躺下了。

德成两眼盯住死野猪，脸上一阵红一阵白的，不是个颜色。难堪之下，他不得不卑微地下了炕，像个受尽了委屈的孩子。

*老头子低沉、迟缓的画外音："可是呀，好景不长，没过几日，那汉子坏了，开始摔饭碗啦，他奶奶的！"

67·灶间与院墙边

德成从里屋踱出,看见打碎的饭碗,看见泪眼汪汪的女人,直气得前胸起伏,喘不上气来。

女人艮了艮,便郁郁将德成拉出门外,拉到了院墙边。她猛然抓住德成的臂膀,拼力抖了抖,哭着喊:"一槽拴不下两条叫驴,你就回去吧!"音落,依旧落得两难的两难女,一头扎进德成怀里,狠狠咬住下唇,噎下了哭声。

68·*初春的寒夜*

灶间的灯,亮着,托出女人红杏般的眼睛。她默默站在案板前,哀哀地揉着面团,一如没有灵觉没有心智只是个标识苦难的活体符号。

灶底柴火通红,锅上冒出大气。

小玲呼呼吹拂着小手,帮着孱弱无神的妈妈,把刚出锅的白馒头捡进大筐。

不大一会儿,小玲就将大筐装满了,满满当当了。女人冲那大筐瞅了瞅,遂用两掌使劲把满满一筐馒头往下摁了摁、压了压,然后又抓来几个大馒头,生辣辣地塞进了大筐里。

69·堡子边缘　白天

女人扛着一筐白馒头,送德成出堡子。

擦过水沟上那座熟悉的小木桥,德成便挨紧女人,闷头蹀躞。

两人谁也不说话,哑哑的。一刻钟后,双双走出屯口,拐进了大草甸子里那条弯弯曲曲的小路。

70·大草甸子

草很密,路很狭。眼前枯茫茫的,一望无际。

两人默默相跟着,走得很慢,很慢。

离开堡子半里路了,德成无声扭回头,懒懒地从女人手里捞过馒头筐,转身走开了。

当即,女人猛扑上去,死死抓住德成的衣襟不肯松手,撕心裂肺地号:"一口饭哪!一口饭哪!叫你妻离子散的,就是这一口饭哪!"

哭声,在辽远的大草甸子上颤颤回荡。

德成站稳,看了看悲恸欲绝的女人,看了看女人身后的堡子,他真的恋恋不舍了!自己三个骨肉亲人,全窝在这里了,他怎能舍得离开啊?左思右想,左右为难,唉,咳!此刻,面对一个自己本不想离去却又不得不离去的鬼地方,德成最后一次撸开了眼皮,正经要好生地瞧上一番了。起码,自己要记住这个地方的模样,以便能在梦里不偏不差地找回这儿来呀!老婆孩子,实趴趴就住这疙瘩啦,咱可千万不能在梦境里找错了地点呀!

德成悲情澎湃,四下里看着看着,望着望着,两眼竟一点点睁大了,大幅度地睁大了。他发现百十码外的草棵子里,冒出两个半大小子,正在偷偷地为他送行。那俩崽子,正是他的永福和永贵。小哥俩立在土坎上,木木的,呆呆的,诚如两个刚刚讨饱肚皮的叫花子。

＊老头子低沉、迟缓的画外音:"永福永贵,形影孤单,失魂落魄,就像两个没庙的小鬼。我也是个父亲,我真想把两个儿子带走,带回自己的家。可把儿子带回来了,叫他俩吃什么呀?唉!那时,我一年还挣不上五斗红高粱哟!"

德成终于横下心,扭开视角,不再看他的儿子。他也终于挣脱了女人,迈出再次生离死别的脚步,头也不回地蹽了,消失在荒莽的大草甸子里。大草甸子风卷浪涌,不啻一片浑黄的海。

71・老德成家　夜　(老德成终归还是回到了幸福的现实中)

往事远逝,暖炕上相偎而卧的老两口,也渐显释然了。

郁郁静默间,老头子又一次长舒了一口气,还呼啦啦打了个冷战,眼角落下两行混浊的老泪。

忽一下子,老头子高度兴奋起来了,愣将硕大的烟斗隆重地点燃了。烟斗里硕大的火团,悠悠燃烧着,宛若暗夜里一个永远不落的红月亮。

＊老头子低沉、迟缓的画外音:"这些年,天下泰和了。我凭着一身臭汗,还真就创下了家业。我也×××不愁吃不愁喝不愁烧了,我也×××

年像年节像节了！我又是打信又是发电报，到底把二小子永贵讨回来了。"

红月亮旁边，飘来一朵彩云，那是女人平静、可爱的鹅蛋脸。

＊彩云里，续出老头子的画外音："今年春上，我老婆也×××跑回来了，还把她自个平日里鬼鬼祟祟藏下的体己钱带回来了，张张罗罗盖起了这栋新房子，哄哄着要给永贵娶媳妇呢。永贵大了，二十八啦。"

老头子愉悦地望着房檐上的星辰，倏然侧过脸来拱了拱女人，问："哎莲英，小玲那信里，怎么没提她大哥？"

女人慢慢睁开眼，说："永福这孩子，稳当，能干，你就放心吧。两年前，他带着媳妇，和家里分开过了，小日子红火着呢。"

"哦，哦哦……"老头子声应连连，满腹欢慰。可接着，他又愚叨开了，啰唆上了："莲英，你当真不回去吗？"

"哎呀，是啊——！"女人拖出长音，焦躁地拉过被子蒙住了头。

老头子安静了一会儿，终于翻过身来结结实实抱住了女人，用胡楂子没完没了蹭着女人的腮，讷讷道："我看，你还是回去吧，好歹他也为咱养大了两个孩子……"那神色，那语气，万般庄重。

女人听罢，"哇"的一声哭了，大哭。

72·房脊上　白天

女人骑在大瓦房的瓦脊上，便是一个怪物。

这女人骑在瓦脊上，呆呆地望。远的，望；近的，也望。

——望见，南山独具特征的驼峰，高耸入云。

——望见，果园旁边缎带般的小河，流过绿野。

——望见，地堰上散散漫漫的牛群，啃食芳草。

——望见，乡道上有辆欢活的蹦跶狗子，"突突突"向村里驶来。

——望见，村东荒芜的祖坟里，新立了一片碑林。

女人的眼睛，放出深幽幽的光，不无眷恋地搜索着家乡的画面。

良久，女人转过身，又呆呆地面朝北方，举目眺望。慢慢慢慢，她眼前出现了幻觉——干打垒草屋里，拱出一张灰苍的脸；灰脸上凸出两只灰眼，正可怜巴巴地看着她。而灰苍的老脸旁边，还有一个泪眼汪汪的俊姑娘。

女人的面颊，明显消瘦了。

73·屋里

女人坐在炕上，拆被子，拆褥子。

女人找出一件黑棉袄，一下一下翻动，拆线。老头子偎在女人身边，说："这袄不脏，别拆了。"

女人一甩脑袋："不！全拆。"

拆下的布片，摊满了炕席。

74·通向小河的村道

路旁生满黄灿灿的野菊，与绿色的矮庄稼交相辉映。

由小黑狗陪伴着，女人端上膨膨胀胀一盆布片，紧溜溜走向小河。

75·河边

河沿上，绿树成行，花草绵连。黄灿灿的野菊夹在杂花中，独成佼佼。

水很清。光洁的沙滩，也十分漂亮。

女人踩着柔沙，袅袅走向浅水，走向一块平阔的石板。她对准石板轻巧娴熟地坐下来，曼舞双手，洗被单，涮袄面儿。

小黑狗自有畜生的乐趣，蹬着沙滩去撵一群捕鱼的鸭子。

与莲英相隔三丈远的上游水边，有俩胖娘们也在洗衣裳。其中一个厚眼皮的村嫂，捅捅另一个嘴角长有大黑痣的乡婆，嘻嘻嘀咕道："哎！听说没？莲英要回北边去了。"

大黑痣问："谁说的？"

厚眼皮答："大伙都这么说。"

少顷，莲英将洗净的红花被面、蓝花褥里及黑袄片子送上岸，铺晒在黄灿灿的野菊和翠茵茵的绿草上面，大显风光。

大黑痣也趁机抓起一件尚未洗净的白小褂，趿啦趿啦走上岸来，无事寻趣。她贴近莲英的耳朵，神兮兮却又满含亲昵地问："傻妞，你真的要回北边去吗？那地方荒寥寥的，多没恋头啊！"

莲英淡淡笑着，不说话，只顾呼呼啦啦抖动着湿布片，一味沉默。

76·家里　夜

灯下，老头子细眼眯眯端详着为他做针线活的女人，越看越觉得自家的女人好看，美若天仙。

女人钉完最后一对布扣儿，抖着新做成的黑棉袄对老头子说："过来，穿上试试。"

老德成放下烟锅，听话地站到老婆身边，任其摆弄。女人替他套上新棉袄，再里里外外将袄襟抹平、拉紧，然后她就上上下下打量着光鲜健壮的老头子，满意地笑了。

老头子感慨万千，不禁想起了当年李寡妇为他穿棉袄的情景（出现了温馨、精妙的闪回镜头）。旧景一闪，苦味袭来，催人泪下（老头子目色潮润了）。

女人则管自兴慰，顺手抓起老头子的大烟斗，撮满一锅烟末点了火，美美地吸上了。嘴咧得极大，吐出的浊雾奇重，派头蛮飒爽。可她只吸过了六七口，竟噗出一个大喷嚏，喀喀地咳嗽起来了。

老头子十分夸张地挨近女人，笑嘻嘻瞅着她的眼睛，心疼地说："老娘们肺子嫩，经不起辣烟呛，往后哇，你就别再抽烟啦。"

女人笑了笑，吭："我逃到北大荒，第一填饱了肚子，第二学会了抽烟解闷，你就让我抽下去嘛。"

老头子自觉失言，便不好意思了，颔颔首，嘿嘿着："哦，抽吧，抽吧。"

女人使劲吸了口长气和烟香，连连呼出两个亮丽的云团。灰蓝色的霭絮，在小屋里婀娜盘旋，缓缓弥散开来了。

77·菜园　农历八月初

园子里的菜，壮实、水灵。园边有一棵小枣树，挂满了刚刚放黄的枣子。

女人站在菜地里，又发了一阵呆。

小黑狗恪尽职守，忠诚地守护着女主人。小黑狗的样子，也有些呆。

女人呆呆地待过了一会儿，竟古怪地吃开了：

——她用木棍敲落一地没熟透的大枣，捡起枣粒贪婪地啃着；

——她拔出一根没开扎的青萝卜，贪婪地啃着；

——她揪下一个紫乎乎的生茄子，贪婪地啃着。

78·苹果园

时临初秋，四野多风，长风摇撼了果树。

老头子蹲在地上，一个一个捡拾"风落果"，装满了一大筐。这是上好的猪饲料。

女人站在树下，拧掉一个乍放红的大苹果，贪婪地啃开了。小黑狗也贪馋地扑向她，朝那个大苹果伸出了长长的舌头。

老头子忧郁地看着女人，挤深了额上的皱纹。

＊老头子低沉、迟缓的画外音："这女人有些怪了，一连好多天，就

那么天天骑在房脊上望啊望啊望啊，像个傻子。近些日子，她不再东西南北傻望了，却又撒野地吃开了，吃青枣，吃青萝卜，吃生茄子，吃酸苹果，好吃的吃，不好吃的她也吃。嗨嗨，莫非这些青菜酸果就是老家的味道？老家呀，老家呀，老家好一派风水，好一口滋味哟！"

老头子站起来，走近一棵大树，摘下一个裂果递给女人，说："吃这个吧。这是黄元帅，叫虫子咬过了，味儿好。"

女人接过裂果，啃下一口，嚼了嚼，露出了甜甜的微笑。

女人吃完黄元帅，便朝一棵果球青青的小树走过去，显然她想再啃一个青果子。老头子见状，嗔怪地喊："喂，那些青蛋子太涩，不能吃！"

女人扭回头，不屑地哼："怎么不能吃？能吃！"接着她莞尔一笑，呱，"我还没尝过这种小国光呢。"

女人乐颠颠地来到小国光树前，略微瞅了瞅，便揪下一枚大个的绿果子，狠劲咬了一口，酸得直眨眼睛。但她还是艰难地啃食着，不肯舍弃。啃着啃着，她突然一屁股蹲下来，"哇"的一声又哭了。

老头子赶紧走过来，用袖口为她拭泪："别哭别哭，别哭啦，我多摘一些给你带回去就是了。"

女人用啃剩的半拉青苹果堵住嘴，还是不停地哭。痛切的哭声，濡湿了果园。

79·小院里　一日晨

老德成和永贵坐在窗外的台阶上，精心编制苹果笼。父子俩手里的绵槐条子，绒线似的柔软。

正门开着，女人靠住灶台，当当啷啷洗涮锅碗瓢盆。

老德成拧着条子，慢悠悠地对儿子说："永贵，待会儿把你对象找来。明个你妈就要走了，让姑娘家过来帮咱收拾收拾东西。"

永贵随口应了声："唉。"

80·屋里

女人解下围裙，面对镜子，轻轻梳理着头发。她那张鹅蛋形的脸，依然洋溢出俏朗朗的风韵。

81·小院里

女人利利索索换上一身衣裳，急匆匆地出了门，边走边对老头子说："哎，我进趟城。"

老头子狐疑地问："进城干什么？"

女人道："去打个电报，叫小玲到火车站接我。"

永贵听了，插嘴说："妈，我替你去吧。我骑摩托，快。"

女人速致否意，固执地咧："不用了，妈要自个去。"

小黑狗哽哽了一声，迷恋地跟上她跑了。

82·苹果园

有着葵花般圆脸的姑娘爬到树梢，笑嘻嘻地拢住了枝头上已被阳光烤红的苹果串。

永贵站在姑娘脚下，擎着小筐，喋喋吩咐："挑大的摘，挑红的摘！"

圆脸姑娘将两个红果递进永贵的筐，又费劲地伸长胳膊，揽过来一个最红的大果子。她一把将大果子拧下来，用手掌胡乱抹了抹果皮，便"嘎嘣"咬下一大口果肉，大张旗鼓地捣嚼起来了。

圆脸姑娘咽下一坨果渣，朝永贵鬼鬼怪怪地笑了："本姑娘不识斯文，就知道吃、吃、吃，卡虎吗？"

永贵乜着细眼，使劲睨了睨心尖上的葵花脸，嘿嘿道："不卡虎。"

霎时，果园里飘出圆脸姑娘开心的笑声。

一只新编成的笼子，渐渐装满了红苹果。老德成蹲在果笼旁边，嘬着沉重的大烟斗，两眼流泻出无穷无尽的失落。

83·老德成家　晚上

炕上放着空桌。永贵和圆脸姑娘倚住门框，散散漫漫地看电视。老头子靠在炕梢的墙角里，脸上蓄满了焦虑。

女人突然风尘仆仆地闯进屋，吁开了大气。老头子见到夜归人，连忙问:"哎呀你,怎么才回来?"

女人拍打着衣襟,咻咻喋:"等急啦?"一嘻,再呱,"破汽车半道上趴窝了,两个钟点才修好。"

老头子听过,赶紧喊:"永贵,快给你妈拾弄饭去!"

女人便转向两个青年人,随口咧:"怎么?你们都吃了?"

圆脸姑娘有点不好意思了,小声嗫:"我们饿了,就先吃了。"

女人不以为意地笑了笑,说:"你们都吃了就行了,就别再拾掇饭了。我,走得太累,不想吃了。"

儿子道:"少吃点嘛!"

女人断然摇头,喃喃吭:"一点也不吃了,不吃了。"她坐到炕沿上喘了喘,又定定觑住了两个青年人,脸上似有一层隐约的羞容在浮动。禁不住,她就吞吞吐吐地重复着,"我太累了,太累了"。

永贵还算善解人意,稍略顿了顿,便说:"妈,那你就早点歇着吧。"随后他即撤下饭桌,拉着圆脸姑娘走出去了。

84·同上 夜

屋里剩下老两口,女人急忙插上门闩,拥着老头子上了炕。

两人放下被褥,就脸对脸地坐在被褥上,都显得讪讪然、戚戚然。

两人对视良久,女人才从怀里摸出一对光洁的玉镯,红着脸为老头子戴上了一只,剩下一只套进了自己的长腕。

老头子嘿嘿笑着,问:"哪来的?"

女人答:"大钱买的。"

老头子兀自犯痴,伸舌舔了舔玉镯,舔来满口清凉。可旋即,他又不安地将新镯子撸下来,啜嚅道:"还是你自个戴着吧。我一个老头子,哪能戴这玩意儿?"

女人拽过他来,重新将那只龟裂的黑手套进镯圈,虎起眉眼嘻嘻嘣:"戴着!戴着!咱俩一人一只一块戴着!我专意买来这双宝灵物,就是留给咱俩一块戴着的。老头子咋啦?该戴就戴嘛!新年月啦,时兴。"音落,她缓缓探出五指,柔然抚摸老头子的胡须,深情捻动着老头子的耳垂,不能自已了。

老头子醉意绵绵,慌慌看了女人一眼,害臊地关了灯。

夜,真静。只有小黑狗,趴在窗外汪汪叫着……

85·雄鸡

一只大公鸡,立在火粼粼的朝霞里,耸起红冠,昂头长鸣:"喔喔喔——!"

86·老德成家街门口　晨阳灿烂

女人穿着蓝地碎花小褂,被晨阳镀得紫气迷离。她轻轻捧住圆脸姑娘的圆脸,眯着一双大眼睛,默默地端详着,默默地笑着。她那动人的笑容里,蕴含着真切的疼爱。

日子　059

圆脸姑娘激动了，眼角里滚出晶莹的泪珠，甜蜜地叫了声："婶——"

女人还是那样捧住姑娘的圆脸，默默地端详着，默默地笑着。许久许久，无言无语的女人才离开圆脸姑娘，依依不舍地走上了村街。

圆脸姑娘那颗激荡不已的心，干脆蹦出了胸口，令她愣生生地僵住双足，无力迈步了。她只管钉在原地，以泪水抒发惜别的情愫。

老头子提着小黑包，紧紧跟随女人，迎着太阳走。小黑狗一路尾从两位主子，在太阳的怀抱里徜徉。它浑身通体赤霍霍的，有如一条金色的天犬。

永贵跨住摩托车，车后座上架有一笼红苹果。他戴好头盔，大喊一声："妈，我奔大道走了，先去给你买票，办托运！"说罢，小伙子一踩油门，突突突地飞远了。

87·田野里的毛毛小道

老头子紧随女人走出街口，步入了村东头抄近路赶火车必经的祖坟。土冢虽荒，石碑林立，逝者们的阴宅也像模像样了。两人目瞩祖坟默立一瞬，便踏上一旁的草岗子，再拐进大片大片浩瀚无际的田野，恍恍然蹀躞开来了。

大豆地。齐腰深的大豆棵子，绿荥鼓鼓。田间小道，被浓密的豆叶淹没了。女人一边走，一边撸下几个豆荚，捏捏掐掐地把玩着，心趣怡然。

高粱地。红叶子绿叶子纷纭，红秆子绿秆子纷纭。高粱正晒米，满畈飘扬着红彤彤庆祝丰收的旗帜。老两口小心探路，小心穿行，身后哗哗嚓嚓留下了红叶子绿叶子红秆子绿秆子擦碰出来的喧嚣。

谷子地。秸秆弯弯，重穗低垂，地幅里分明显露出一条行人踩成的缝隙。老两口徐徐游动在谷穗密布的缝隙里，活像两个吓唬麻雀的稻草人。

两人走得很慢很慢，不说一句话。其情其景，还真有点十八相送的味道。

走出谷子地，扎进苞谷林，路景更为多彩了。托满晨露的苞谷叶，放射出老头老婆曾经见识过的灵性，硬挺挺的酷如一片驴耳朵。他俩捋着苞谷林中的小径，每前行一步，驴耳朵就会亲切地扫荡他俩一下子，愣把二人搞得浑身上下水滴滴的。熙熙攘攘的苞米花子，落满他们的头发和双肩，弥散出土地的香气。

88·花生田

老头子钻出苞谷林，激灵一下停住了。女人相跟着钻出来，也激灵一下停住了。

眼前，豁然出现一块夹在两片苞谷林中间的花生田。黄花渐落，地果熟了。

他们脚下这条被路人踩出的毛毛小道，就斜插着穿过花生田，一直铺向对面那片苞谷林的地头。一棵大柳树，孤零零地挺立在地头上，彰显出固有的伟岸与魅力。随着枝叶的摆动，树下传来哗哗啷啷的流水声。

还是那棵大柳树，还是那片花生地。大柳树衰老了，可满地落花生的秸子叶子，依旧梦茵茵的绿。这幅醒目的画面，在二人心中轰然奏响

日子　061

了自家命运的共鸣曲。

小黑狗钻出苞谷林，蹦蹦跶跶跑进花生田里，顽皮地撒下了一泡尿。

两人沉默了许久，老头子才挠了挠耳碗，低声问女人："莲英，拔几墩嫩花生，给你拿着吧？"

女人呼啦一下涨红了脸。

老两口忸怩举步，双双走进花生地，老头子又吆吆嗫嚅道："如今，脚下这块地，可是咱家自己的了。包产到户刚开始，我就削尖脑袋把它拿下来了。我连连种了五年花生，年年好收成。"

羞赧的女人，红脸更红，好生娇艳。

89·大柳树下

女人走到大柳树下，汕汕地倚在树干上，像一朵攀树盛开的牵牛花。小黑狗两腿搭在女人身上，煞是惬意。

老头子放下小黑包，依偎着大柳树，眷恋地瞄住了女人。

少顷，老头子响亮地咳了一嗓，反身走回花生田。他眯下眼睛瞅了瞅，从一蓬蓬青枝中选准几墩壮棵子，朝疏松的根土狠狠踹过，再扭住底梗猛薅猛拽，立马就将几大撮鼓楞楞的地果起出来了。

老头子拿得好果子，沾沾自喜，颠颠儿复归大柳树下，为女人摘花生。他将地果搓净了，仔仔细细装进了小黑包。

不消说，这鲜嫩美味的花生果，正是老两口的红媒噢，粒粒亲香啊！

老头子发现脚前漏有一枚肥胖的大花生，就捡起来剥除外壳兀自嚼了，嚼出一脸实实惠惠的幸福。他那多皱的嘴丫子，淌出浓艳的白浆，端的生动。

女人见老头子弄成这副乖样，心底愣是冒出一股当初二人野配时的情味，真就胸中鹿撞鼻息吁吁了。待那情思回流过了，她眼毛一飞，扑哧一笑，亲亲柔柔唤出了老头子的小名："成儿，咱那二小子的事，你就多操点心吧。"

老头子讷讷着："唉。"

女人再番叮咛："等儿媳妇过了门，叫永贵好生学着过日子，不准他天天夜里去跳舞。"

老头子讷讷着："唉，唉唉。"

几片柳叶落进小河，顺着清浪悠悠漂逝了。

90·远去的女人

女人拎起小黑包，动情地瞟了老头子一眼，小声说："回去吧，别送了。"

老头子讷讷着："唉唉。"

女人抹着泪眼，沿着河边上的小道，姗姗离去了。

小黑狗撒着欢儿，追上了女人。

老头子蹀蹀躞躞往前跟进了几步，终于失神地停下了。

哗哗啷啷涓涓流淌的小河，带走了女人的身影……

歌声起：

富日子是日子，穷日子也是日子；

甜日子是日子，苦日子也是日子；

乐日子是日子，愁日子也是日子。

老天爷不知道什么叫日子，

老百姓却知道什么叫日子。

日头耶东方升起，日头耶西方落下，

日头耶西方落下，日头耶东方升起，

咳！这就是日子，这就是日子。

日头耶越烧越红，日子耶越过越美，

日子耶越过越美，日头耶越烧越红，

咳！天下终有好日子，天下终有好日子。

——剧终——

1989年初夏

注：《日子》剧本完稿后，投给西安电影制片厂，颇受好评。只因当年西安电影制片厂资金匮乏，未能投拍。

1990年春，作家带着《日子》，应邀参加了辽宁电视台与辽宁电视剧制作中心于兴城联合举办的东北三省创作笔会。其间，《日子》受到高度赞誉，被与会的军地作家、剧作家和学者们广泛传阅。

兴城笔会乍结束，《日子》即被辽宁电影制片厂采用。也是囿于当年资金不济，未能拍成电影，而改拍为上下两集电视剧。1991年，《日子》获得辽宁省第四届优秀电视剧奖。

主题歌《日子》，由辽宁歌剧院女歌唱家演唱。

电视剧文学剧本

天 阶

泰山有石坊　匾号曰天阶

主要人物

- 俞　洁 …… 女警官，女犯管教大队大队长
- 王翠萍 …… 青年女警官，女犯管教大队管教员
- 莫雅莉 …… 青年女犯人
- 樊　梅 …… 青年女犯人
- 支队长 …… 东岳劳改支队支队长
- 金科长 …… 东岳劳改支队管教科科长
- 马小凯 …… 青年工人
- 袁和平 …… 男流氓
- 杨桂兰 …… 中年女犯人
- 老女犯 …… 老年女犯人
- 小　郭 …… 青年女工
- 莫　父 …… 莫雅莉之父
- 莫　母 …… 莫雅莉之母
- 马　母 …… 马小凯之母
- 圆　圆 …… 俞洁的女儿

上　集

阳光下的泰山，分外壮丽。远远看去，层峦叠翠，云蒸霞蔚。空旷中，传来坚实、有力的脚步声。

伴随脚步声，有人唱起意境幽深的歌：

我睡过悠悠的摇篮，
我荡过翩翩的秋千，
我蹚过弯弯的小河，
我爬过葱葱的大山；
脚下这条通向云霄的天阶，
才是人生的内涵。
一阶一阶，
有苦有甜；
一阶一阶，
有情有恋；
脚下这条通向云霄的天阶，

才是人生的内涵。

歌声中，镜头缓缓移动，推出十八盘近景。

一双女人的脚，拾级而上。

镜头反打，居高临下映出女犯管教大队大队长俞洁的正面形象。她一阶一阶，奋力登山；过早布满皱纹的额头上，渗出细碎的汗珠。俞大队长停下来，摘掉警帽扑扑脸，扇出一缕清爽的风。小憩毕，她不辞劳苦，继续攀登。

此刻，出片名——天阶。

1·密林　春

俞洁大队长擦别"对松亭"，离开十八盘，爬上陡坡，钻进密林。

密林深处，花影绰绰，雀音啾啾，端的优美。俞洁拨开荆蔓，在树丛中精心搜寻着，终于找到一棵药草。

她急急蹲下，手捧药株，瞳仁里透出惊喜的光。

2·监舍

青年女犯莫雅莉躺在床上，脸色苍白。

透过门玻璃向外看，可以看清中年女犯杨桂兰和另一个老女犯的身影。老女犯戴着金丝小眼镜，一脸凶相。

少顷，老女犯将脸紧紧贴到门玻璃上，使肥大的鼻头被挤压出一块小平原。于是，老女犯的模样更加丑恶了。忽见她嘴皮一扭，冒出一口鲁南腔："哟！屋里这主儿，不参加劳动，不积极改造，愣是倒头大睡享清福，可真怪了哎？"

杨桂兰不悦，大声反驳老女犯："她有病。"

3·走廊

老女犯席地而坐，配合杨桂兰，修理几个破损的马扎。

老女犯睨住杨桂兰，阴阳怪气地说："她有什么病？俺看她没病，纯属穷泡。烂货！"

杨桂兰无语，自管瞪了老女犯一眼。

4·监舍

门外两个女犯的对话，全让莫雅莉听见了。她玩世不恭地蹙了下鼻子，倏忽跳下床，面对墙上的方镜，嘻嘻近照，欣赏自己清瘦的脸。

照来照去，一照再照。莫雅莉的脸颊，出现了抖颤；挺好看的眼眶里，涌出了泪花。蓦地，她又破涕为笑了。

5·走廊

老女犯把一个马扎修好了。她坐在刚刚修好的马扎上，前后左右张望了一阵，偷偷摸摸从衣兜里掏出两块糖果，递给佩戴值班员袖标的杨桂兰，殷勤地嗫："杨组长，这是俺外孙女送来的高粱饴，您尝尝！"

杨桂兰连忙挡回她的手，惶惶道："哎不，不不！你这是做什么？"

恰于这时，青年女犯樊梅走到了老女犯和杨桂兰身边。樊梅巧遇犯人间常见的贿情小景，嘁嘁一乐，便顺手牵羊夺下老女犯的软糖，然后斜眼瞟住杨桂兰，不无讥讽地呱："不吃白不吃，你不吃老娘吃！想当积极分子吗？哼！那你可得回回炉，叫你妈张开胯裆重新下你一遭吧。"音落，她将高粱饴填进嘴里，噔噔蹿出两步，一脚踹开了监舍的门。

6·监舍

房门洞开，樊梅悍然闯入。

莫雅莉正在面对镜子，专心致志地涂口红。

樊梅见情，酸不溜丢地咧："嗬嗬！哥们儿，还真叫我猜着了，你又开始泡病号啦。行，你行，你真行！"说着，她一把揪掉头上歪戴的帽子，像甩飞碟一样抛向屋角，朝莫雅莉大声吆喝，"老娘在外卖苦力，你倒他妈躲在家里耍风流。说！哪来的口红？"

莫雅莉缓缓转过身，故意翘动一下猩红的嘴唇，揶揄道："哪来的？墙上贴的！"语歇，她从方镜旁边写有"加强改造"大标语的红纸上，再撕下一绺儿，接着一摇一晃走向樊梅，奚落着，"怎么？你也想风流风流吗？我可以帮你化化妆，帮你风流风流呀。不过嘛，你得先把屁股撅过来，咯咯……"

樊梅一听，两眼怒睁，火冒三丈："好！今天老娘就瞧瞧你的小屁股！"随说，她猛扑上去，对准莫雅莉的脑门就狠狠砸出一拳。

莫雅莉后退两步，即汹汹反扑过来，死死薅住樊梅的头发，横撕竖拽。

樊梅脱身不得，也反薅莫雅莉的头发，竖拽横撕。

两个青年女犯，彼此扭成一团，轰轰烈烈地厮打起来了。

一直坐在监舍门外修马扎的值班犯人杨桂兰，闻声冲进屋，慌慌拉架。

戴金丝眼镜的老女犯，不肯错过坐山观虎斗的"良机"，也紧跟杨桂兰钻进了监舍，火上浇油地嚷："哎哟！好嘛好嘛，这又干上啦！俺说二位好汉哪，倒是哪来的火气哟？"

杨桂兰一手揽住樊梅，一手推开莫雅莉，呵斥双方："有话讲，有屁放！甭再打啦，都别打啦！穷打什么呀？"

老女犯嘿嘿一笑，冒出风凉话："穷打什么？身上发痒，就开打嘛。"

樊梅气极，立即飞起一脚，把老女犯踢出半丈远，也将她的小眼镜踢掉了。接着，樊梅缠住莫雅莉，继续厮打。

杨桂兰劝架无果，只得跑出屋子，求援去了。

瞎瞎眯眯蹲在地上找眼镜的老女犯，见杨桂兰离屋，就乘机仰起狰狞的脸，朝着两个拼命厮打的青年女犯浪声浪气地喊："公鸡公鸡斗斗，草鸡草鸡肉肉！娘个臭巴的，谁能打谁是英雄，干吧！"

二女犯打到后来，披头散发，惨不忍睹。莫雅莉渐渐体力不支，被樊梅一跤摔倒了。

"胜利者"樊梅捡起落在地上的大红纸，张开嘴"呸"的一声，将满口浓痰吐到艳红的纸面上。之后，樊梅就捏住濡湿的红纸绺儿，往莫雅莉脸上胡乱地擦抹着，抹出一片血红淋漓的污迹。一边抹，她一边骂："我叫你美，我叫你美，我叫你臭美！臭美臭美臭美！"发泄罢了，她闪身出门，扬长而去。

望望樊梅走远了，老女犯瞄住鬼脸花花的莫雅莉，轻蔑地嗍："尿包。"

7·女监车间门口

杨桂兰带着管教员王翠萍，急忙穿出生产车间。

8·监舍

躺在地上的莫雅莉，挣扎着爬起身，再次面对墙上的方镜，照看自己的脸。

镜子里出现的，是一张丑陋的脸。脸蛋上，红一道，紫一道，难看极了。莫雅莉气咻咻地盯住镜子，盯住镜子里的怪脸，翕动鼻翼，蠕磨双唇，古怪地吟吧着："我……我……这是我吗？"吟过，又哈哈狂笑。笑罢，她即重重擂出一拳，将镜面里的丑脸蛋击破了，自然也把一方玻璃镜子砸碎了。

"嘎——嘎嘎——嘎——"窗外，传来鸟歌。

受鸟歌引逗，莫雅莉神魂忽苏，心气顿生。她扑向窗口，引颈仰望。但见几只老鸦，穿空而过，朝云朵里飞去了。

莫雅莉凝望着老鸦的远影，露出若有所思的眼神。

与此同时，女监大院里，响起一阵汽车喇叭鸣叫的强音。

莫雅莉灵机一动，便慌慌擦净秽脸，疾速装束自己，欲耍新的招数了。

9·楼道

莫雅莉鬼鬼祟祟，惶惶潜逃。她东躲西藏，躲过飞步上楼的管教员王翠萍，也躲过了值班女犯人杨桂兰，好一副古灵精怪的狐狸形象。

然而，莫雅莉的行径，却始终没能躲开老女犯狡黠的眼睛。

老女犯捂住嘴，泄出一脸阴险的笑。

10·女监后院

莫雅莉几经迂回，潜入停车场。见一辆卡车已经发动了马达，她就闪电般偷偷爬到卡车底下，仰面朝天抓住了底盘。

马达声烈，卡车启动了。

11・监舍

王翠萍和杨桂兰扑进监舍，急急一看，惊见监舍里空无一人。

王翠萍闪闪灵动的大眼，旋即反身，奔出监舍。

12・狱内马路

大卡车低速行进，缓缓驶出女监大院，离男监女监同出共入的总大门越来越近了。

在监狱大门岗楼高台上值勤的武警战士，荷枪实弹，往返游动。

13・监狱总大门看守室

男警看守员瞪亮机警的眼睛，本能地搜索着迎面开来的大卡车。

突然，看守员发现了车盘底下的异常。于是他立马触动电钮，按响了警报器。令人悚惧的警报声，霎时嗷嗷暴鸣起来了。

14・监狱总大门门口

开车的女司机听得警报响，吃惊地刹了闸。大卡车一抖，在警戒线内停住了。

女司机从驾驶室里探出头，直视挡在车头前面的看守员，惶惶问：

"怎么，有情况？"

看守员点点头，径直奔向车尾，从底盘下揪出了莫雅莉。

莫雅莉拼命挣脱看守员的手，疯疯癫癫冲向铁门，狼嚎似的叫："放开我！你们放开我！我要出去，出去——！"

这时，支队管教科金科长带领一群干警，火速赶到现场。老金抢上一步，生生将莫犯拖离武装警戒线，离开了防逃射击的弹着点。

莫雅莉狠狠瞪了金科长一眼，突然她身子一弯，软软地瘫倒了。

王翠萍从人群后面揳过来，朝莫雅莉身上身下瞄了瞄，不禁"啊"地惊叫了一声："金科长，不好啦，她，大出血！"

金科长一听，果断发话："快抢救！"

15·女监医院

俞洁大队长端着一碗药汤，送到莫雅莉床前。

莫雅莉故意把脸转向另一边，不接受大队长的关怀。

陪同俞大队长给莫雅莉送药的王翠萍，见莫犯不懂规矩，不近人情，就狠狠开训："你个莫雅莉，真没良心，真孬！趁俞大队长不在岗，你就犯毛病，就越狱，就想跑。你知道大队长干什么去了吗？为了给你补身子，她亲自爬上了十八盘，采药！"

听说俞洁去了"十八盘"，莫雅莉心下一动，不禁翻平了身体，双目发愣。忽而，她竟斜挑着眼角，不无放肆地瞟了瞟王翠萍，歇斯底里般狂笑起来了。

俞大队长把药碗放到床头柜上，直视莫犯，严肃审斥："你笑什么?!"

莫雅莉拿出鄙夷的表情，指指王翠萍，答："我笑什么？笑她个黄毛丫头，也敢来教训我？哼！"随说，她流里流气弹了个响指，忘乎所以地把药碗掀翻了。

王翠萍无法忍受囚犯的猖狂，自管暴怒地薅住了莫雅莉的衣领，大喝："你！你太过分啦！"

莫雅莉当即劣行毕现，蛮耍无赖，哇哇泼叫："想打我吗？老娘这金身，刀枪不入，不怕打！"她一边叫，一边用肩头冲撞王管教的胸脯，"给你打，给你打！你打！你打！你打呀！"

为控制事态，俞洁强压肝火，将王翠萍的手拉开了。

深感屈辱的青年警官王翠萍，只能苦苦咽下一口恶气，眼含热泪匆匆跑出了病房。

16·女监院内

王翠萍甩动两脚，气呼呼地奔走着，满面怒容。

俞洁追上来，温情脉脉地唤："小王，等等我。"

王翠萍火火走过了几步，才突然停下脚，从衣兜里掏出一封信。也不转身，她自顾朝背后一摆手，将信递给了大队长。

大队长接过信，毫无迟顿，旋即定睛展阅。

画面上，飘出一个男青年的声音："翠萍，你还是脱下那身警服吧，到我身边当个普通老百姓吧。我早就听人说过,你们劳改干警的生活是极其枯燥的;而且,枯燥的日月又是极其漫长的;甚至可以夸张地说,犯人服的是有期徒刑,你们服的是无期徒刑……"

俞洁阅罢短信,也不说话,兀自迈着平稳的步伐,款款前行。

心事重重的王翠萍,望着大队长的背影,默默地跟去了。

17·白果树下

大墙内,一棵苍翠端直的白果树,在镜头里缓缓游移,颇显神奇。镜头外,伴有沙沙的脚步声。

王翠萍和俞大队长,一左一右,并肩擦膀,径向那棵貌相葱茏的白果树,哑哑靠拢。

已而,俞洁抚抚警服前襟,首先嗣话,打破了寂寞:"怎么?翠萍,还生气哪?"

王翠萍抿抿嘴,停下脚,蛮为不解地反问:"大队长,莫雅莉那么狂,难道你就不生气?真的不生气?"

俞洁顿了顿,喃喃道:"干我们这一行的,要是爱生气,可就气死了。不能生气,万万不能生气呀,而反过来,还必须咬紧牙关,坚持干好日常本务中那些婆婆妈妈磨磨叽叽的乱活,下决心把每一个罪犯改造成型。"一歇,她直视着前方,借物喻理,以物论事,"你瞧,你瞧瞧这棵白果树吧,大概就能有些感触了。从小苗起,不知经过多少人抚弄、打杈、修剪,它才长成今天这么好的样子。做修树养树的营生,也挺琐碎，也挺麻烦，同样需要耐心的。假如离开修树人点点滴滴的扶植、管理，你我眼前这棵白果树，就不可能长得如此高大，如此壮美。"继续往前走出几步，俞洁兀自低声叹了叹，再抒胸臆："有道是，十年树木，百年树人。十年树木易，百年树人难。也就是说，十年树一木，相对而言还是容易办到的，可百年树人嘛……你听听，光这个数字概念，就够沉重的了。只是这里的百年，不过是个形容词，形容育人树人的难度之高，之甚，不比寻常。古今世情，早已雄辩地证明，想养育、教育、培育好一个人，根本不是一件轻松的事，简直难于攀岩爬山啦。我们改造犯人，就应该认可这个法则，遵循这个法则行事。所以，所以啦，咱还是要控制好自己的情绪，去耐心地开展自己的本职工作吧。面对形形色色的囚犯，我们只有耐心地训导、启迪和教化，才能真正收获到管教工作的实效，把他们改造好。"

王翠萍听了，觉得俞大队长这套嗑，甚为抽象、经典、高深，不大容易让她心悦诚服。可她换了个思维角度，站在更高的大局层面上想了想，也就基本上明白俞洁这番话的意义了。改造罪犯，确实不是容易的事。然而现实情况是，若干年来，在党的劳改政策指引下，我们新中国的劳改干警们也确实把一大批重要罪犯改造好了，取得了重塑犯人灵魂的成功。这是事实啊，是不容否定的事实啊！正因为广大干警绞尽脑汁呕心沥血，兢兢业业奋战在隐含人身危险的劳改战线上，让诸多囚徒变成了无害于国家无害于社会的新人，政绩如山，业绩似海，才昭然彰显出新中国劳改事业的神圣和伟大。觉悟到这一层意思，王翠萍也就理解并接受了俞大队长的教诲，一时间依稀也算是醍醐灌顶，茅塞顿开了。随后，她竟乖乖地倚靠到大队长身上，泪眼蒙眬了："你呀，你，真是个活菩萨。"

18・小街　夜

小街上，行人稀疏。

快步走动的王翠萍，发现了俞大队长的小女儿圆圆。她见圆圆端着一钵包子，便关切地迎上去，笑笑问："圆圆，买饭哪？"

圆圆嘻嘻点了头："嗯。"

王翠萍："你妈呢？"

圆圆："没回来。"

王翠萍："你爸呢？"

圆圆："也没回来。"小姑娘边说，边用小手遮盖饭钵。

王翠萍刻意摸摸钵里的包子，眉头一皱，低吟道："这么凉，你怎么吃呀？"

圆圆不屑地嚷："没关系，我常吃凉包子。"依稀觉得自己走了嘴，小丫蛋还连忙吐了吐舌头。

王翠萍受到感动，两眼顿时湿润了。

19・俞大队长家　时间同上

王翠萍从厨房出来，将马勺里的热汤倒进圆圆递来的小碗里。一缕轻轻飘动的暖气，散发着暗香。

圆圆捧过小碗，嗞儿嗞儿喝着，喝得十分惬意。

王翠萍解下围裙，问："圆圆，好喝吗？"

圆圆咯咯笑着："好喝。"

王翠萍甚觉开心，也呵呵笑了。

圆圆喝下半碗热汤，心里滋润，话也多了："王阿姨，我爸我妈可忙啦，真是两眼一睁，忙到熄灯。"随说，她还学着大人的样子，叹了口气，"唉！工作累嘛，也是身不由己，没法子呀。"

王翠萍听过，动情地点了点头。

圆圆操起手绢，抹抹小嘴，又打开话匣子，喃喃道："我妈，整天整天光忙乎她自个的公事，连家都顾不上收拾了。擦桌子、扫地，全是我的活。阿姨你看，我扫过的地，我擦过的桌椅板凳，干净不干净？"

王翠萍秀眉一挑，赞许有加："呀！圆圆，你可真能干哪！"

就在打量屋角打量四壁的过程中，王翠萍发现一张迷人的照片。照片里的少女，戎装素裹，英姿美貌。

稍一犹豫，王翠萍手指少女倩照，试探着问："圆圆，这是谁的相片，这么好看？"

圆圆应声走到相框前面，嘻嘻答道："还能有谁？我妈的呗。"

王翠萍见自己的猜度得到证实，随口又问："怎么，你妈也当过兵？"

圆圆仰仰小脸，自豪地说："当然喽！我妈当兵那阵儿可神气啦！她去过西藏，去过新疆，参加过中印边界反击战，还立过三等功呢！"

王翠萍临境生情，陷入深思，发出了挚诚的心声（画外音）："好多年好多年了，俞大姐一直坚守在大墙里，为落实党的劳改政策，为办好国家的劳改事业，为挽救尚可挽救的犯人，贡献出自己的全部精力。榜样，榜样啊！"

20·监狱总大门门外　阳光下

狱门旁，挂有亮晃晃的大牌子，上书——东岳劳动改造管教支队。

俞大队长和王翠萍步履矫健，走向狱门。

支队管教科金科长由斜刺里插过来，迎头拦住她们，亮嗓招呼道："老俞，你看，谁来了？"

俞洁顺着金科长的手势，定定觑望，只见迎面奔来一男一女。那女的，边跑边喊："大队长，俞大队长，俺看您来啦！"

俞洁怔罢，惊喜地叫出声："哦，徐小娥，是徐小娥！"

身穿入时新衣的徐小娥，蹈完几大步，规规矩矩站到俞大队长面前。徐小娥的表情，仍带有犯人见到管教干警时那种拘谨的成分。

忸怩良久，徐小娥才指指身边的男子，对俞大队长说："这人，是俺对象。"搓搓两掌，她又嗫，"俺结婚刚三天，今儿个特意来看您。"

男子朝俞大队长鞠过一躬，礼貌地吭："常听小娥提起您。小娥说，您对她恩重如山。"

俞洁紧紧握住徐小娥和她丈夫的手，笑容可掬："欢迎你们！欢迎欢迎。"

徐小娥激动不已，热泪盈眶。她赶忙拿出喜糖，一一剥去糖纸，分给三位警官。

俞洁嚼着喜糖，两眼闪出欣慰的光。

王翠萍嚼着喜糖，依稀品咂出别样的滋味。

21·女监大院里　傍晚

女犯们现身当院，风风火火玩排球。

俞大队长临场，亲自给女犯们做裁判。

飞旋的羊皮球，染足夕阳的余晖。

站在俞洁身边的王翠萍，受到一种特殊气氛的熏染，便主动替换下一个女犯，也加入了"女排"的行列。

球场上，笑声阵阵。

22·女监大院一角　夜

藤萝架下，女犯文艺宣传队的队员们，正在排练节目。

坐在值班室里值夜班的王翠萍，被犯人的歌声吸引了。她推开窗，面朝那个欢腾喧闹的角落，一望，再望。

王翠萍在思索，眼花闪烁。

23·女监医院

莫雅莉躺在病床上，脸色苍白。

俞大队长和王翠萍，出现在莫雅莉的病房里。

俞大队长端着碗，低声唤："莫雅莉，喝药吧。"

莫雅莉一歪脑袋，冷冰冰地嘣："又给我送药来了，你烦人不烦人哪？我没病，我不喝！"

遭受罪囚非礼，俞洁一声没吭，只管憨憨笑着。

王翠萍实在容忍不得囚徒的邪性，就一把扳正莫犯的头，厉声纠正她的鬼话："你有病！你那些犯罪行为，不光摧残了你的心灵，也摧残了你的肉体。"

莫雅莉嗤嗤鼻子，胡乱狡辩："犯罪行为？难道我跳跳舞，就是犯罪吗？"

俞洁接过莫犯的话茬，严词驳斥："跳舞是一项高雅的娱乐活动，自然不是犯罪。可你，跳的是什么舞呀？你跳脱衣舞！你跳光屁股舞！你一边胡蹦乱舞，一边与男流氓鬼混，伤风败俗，污染社会，扰乱治安。这不是犯罪，又叫什么？！"

莫雅莉听罢，偃旗息鼓，不再猖狂了。

王翠萍从大队长手里捧过药碗，照直捅给莫雅莉，暴嗓喝令："喝！喝下，全喝下！知道吗？这是俞大队长再次登上十八盘，重新为你采来的偏方药。"

莫雅莉仿佛任何来言都没听见似的，眉目紧锁，闷不作声。忽然，她猛从王警官手里夺过药碗，咕咚咕咚一口气将满碗苦水喝光了。

莫犯喝下药，眼角涌出了清泪。

24・女监大院里

莫雅莉大病初愈，出院了。

褪去病号服的莫雅莉，立身大院中央，面向云空远天，出神地张望着。

大墙外，泰山苍郁。

25・课堂上

俞洁大队长主持课堂，给犯人讲课。

身着统一囚服的女犯们，正襟危坐，挤满教室。

俞大队长英姿伟岸，手扶案台，语重心长："你们犯人，也是人。是人，就应该树立起正确的人生观。只有树立起正确的人生观，才能胸怀远大的理想。有理想的人，才有前途。有理想的人，也必然有前途！"

坐在后排的莫雅莉，聚精会神听课，不时做着笔记。

莫雅莉的同桌是樊梅。樊梅拿斜眼盯住莫雅莉手里的笔，表情怪诞。

憋过一会儿，樊梅心痒难耐，便伸手捅捅莫雅莉，小声嗫："哥们儿，别傻啦，别那么认真啦。还沙沙记录呢，记个球啊？听这些臭嗑，管屁用！"

莫雅莉不睬樊梅，依旧运笔。

樊梅没脸没皮，愣献殷勤，硬套近乎："过去的事，就算过去了，你别再记恨我了。再说啦，我也不是真打你，我是逗你玩的。对不起啦，对不起啦。打是亲，骂是爱，不打不骂才叫祸害哪。"

莫雅莉猛一转脸，狠狠刮了樊梅一眼。

樊犯厚颜一笑，还想搞点小动作，忽见俞大队长朝后排走来，她才放老实了。

26·女监车间

几排缝纫机，嗡嗡运行。

莫雅莉站在车间一角，虚心向杨桂兰请教，一刀一剪学习剪裁。

樊梅无视劳动纪律，故意凑到莫雅莉身边捣乱。她捏起莫雅莉刚刚剪成的衣片儿，嬉戏着竖起大拇指："OK！"

杨桂兰当即推开樊梅，严肃批评："樊梅，回你自己的岗位，干活去！"

樊梅梗起脖子，直冲杨桂兰翻白眼，粗野地吵："我说杨桂兰，好好当你的犯人小组长吧。多替姐妹们跑跑腿，才算你有德行、有本事。在这儿，你少他妈多管闲事。哼！"

小组长杨桂兰，竟一时结舌，被樊犯戗得哑口无言。她张巴两下嘴唇，终未吐出一个字。

樊梅自觉得意，再次扭脸对准莫雅莉，煽惑道："哥们儿，你进大狱都俩月了。这历史，也够漫长的啦。可你那位名叫什么……什么什么'和平'的多情郎，咋也不来瞧瞧你呀？真他妈的不够意思！昨天，我的那位，可来了，还给我带来两盒巧克力呢。"语住，她随手抓出一颗巧克力糖果，塞进莫雅莉嘴里。

莫雅莉反感一噗，吐出糖球，同时也停下了手里的活。她双眼发呆、发直，梦呓般低吟着："袁和平……"

27·支队女犯管教大队办公室

王翠萍手拿一封信，怒气冲冲走进屋，愤懑地嘣："像莫雅莉这号女人，不把身子洗干净，就断不了招苍蝇。"

靠在办公桌上写材料的俞洁，听完王翠萍的话，惊异地抬起了头。

王翠萍一投手，把信扔给大队长，吁吁唾叹："喏，莫雅莉的情夫袁和平寄来的，被我扣下了。"

俞大队长抽出信央，急忙看过，义愤填膺："同样的犯罪分子，莫雅莉入了监，而袁和平却倚仗他老子的权势，逍遥法外。这种事，太有失司法公正了。"沉默片刻，她定定觑住王翠萍，不无痛切地说，"莫雅莉的丈夫，叫马小凯，是一个好小伙。马小凯与莫雅莉，虽然没有举办过婚礼，却正儿八经地领取了结婚证，是一对未入洞房的合法夫妻。说起他们二人，也真叫好梦未圆，祸从天降。就在领到结婚证的第三天，莫雅莉参加大表哥的婚宴，偶然被官宦子弟袁和平盯上了。袁和平给莫雅莉的酒杯里下了药，又以送病人去医院为借口，强行把深度昏厥的莫雅莉抱进小轿车，拉跑了。就打那儿开始，莫雅莉变坏了，破罐子破摔了，陷入肮脏的泥坑不能自拔了。唉！"

王翠萍跟着叹口气，沉吟了："哦，原来是这样啊。"

俞洁苦思片刻，倏又开口，谈出自己的想法："据我了解，马小凯和莫雅莉两家是墙挨着墙、门挨着门的老邻居。他们两小无猜，一块儿长大，是一对典型的青梅竹马，彼此的感情基础特别深厚，特别牢靠。直到今天，马小凯也难下横心，一直没有提出离婚起诉。可见，他对莫雅莉依旧怀揣无法割舍的真情。我看，咱是否可以做做马小凯的工作，让他和我们一道，向莫雅莉伸出挽救的手。"

王翠萍高挑秀眉，轻轻地点了点头。

28·地方某工厂车间里

大幅画面，映出一件油渍斑斑的工作服。

镜头上移，推出一张纯朴憨厚的男人脸。

马小凯站在车床旁，正带着自己的女徒弟精心操作。

一位干部模样的中年汉子，将俞大队长和王翠萍领到车床前，顶着噪声大声介绍："这个师傅，就是马小凯。"

俞洁立即同马小凯握了手，拉高嗓音说："马小凯同志，我们有件很重要的事，想和你谈谈。"

马小凯咧开厚实的嘴唇，笑了笑，转身吩咐女徒弟："小郭，只好辛苦你了。"

为避免影响车间劳作，几个人快步朝门口走去。

女徒弟小郭望着马师傅离去的背影，脸上浮出复杂的表情。

29·某工厂院内树荫下

俞大队长、王翠萍与马小凯三人，漫步交谈。

俞洁兀自拍拍马小凯的胳膊，测探道："小凯同志，我们知道，你和莫雅莉之间的感情，是不寻常的。"

马小凯顿了顿，低声吭："唉！我确实爱过她。"

俞洁乘机切入正题，说："莫雅莉，本是一朵带露的鲜花。只可惜，这朵鲜花被坏人无情地薅下来，丢进了污水河。于是，她就随波逐流了。小凯呀，我们希望，你能拿出超乎常人的情感，把她从污水里拖出来。"

马小凯眼出泪花，面露难色。

王翠萍见状，为大队长敲起了边鼓，侃侃道："小马师傅，我们理解你，知道你一时难以解开心里的疙瘩。不过，咱还要站在传统人情的立场上，透过本质看问题呀。毋庸置疑，你和莫雅莉俩人，已经建立起大半生的老感情了。莫不如，你就把你们俩当成结发多年的老夫老妻嘛。老夫老妻有谁犯了错，臭是一窝烂是一块，还是老夫老妻嘛。你的老婆一时犯迷糊，被坏人拐跑了，你得赶紧找啊！把她找回来，她还是你的老婆呀！我们这里有个至高无上的原则，就是，你对莫雅莉的问题，绝不能撒手不管，绝不能袖手旁观哪。"

俞洁接语，笑笑说："小凯，想想看，是这个道理吧？"

马小凯双手捂脸，低泣开了。

30·女监犯人接见室　夏

垂柳袅娜，蝉鸣悠扬，时临盛夏。

青年女警官王翠萍，带领身着夏季囚装的莫雅莉，走向接见室。莫犯既紧张又兴奋，踟踟蹰蹰，迈过了门槛。

莫雅莉赧赧地抬起头，冷不丁见到——一脸憨相的马小凯，规规矩矩坐在木凳上，像尊佛。登时，莫犯悸动了，也激动了，两行热泪暴滚下来了。她盯住自己未曾同床却合法随律的丈夫，神经质般咬咬下唇，下意识地扑上前去。然而，她忽又满面涨红，难堪地停住脚，垂下头来。

王翠萍见情，不无鼓励地拨了莫犯一下，笑笑道："莫雅莉，马小凯看你来啦。"

迎声，马小凯缓缓站起，向莫雅莉伸出了颤抖的手。

正巧这工夫，突兀有人大喊："雅莉——！"音量极高，使整个接见室都被震动了。

王翠萍颇感惊奇，循声望去，但见又一个男青年闯进了接见室。来者西装革履，仪表堂堂；那手提的网兜里，装满了罐头和水果。出于本能反应，王翠萍旋即挡住来人的脚步，厉声问："你是谁？哪来的？"

那人毫不理会王警官的阻拦，旁若无人地嚷："雅莉！雅莉！你看我是谁？"

一时间，莫雅莉不啻被骇呆了，脱口叫："袁和平？"

袁和平绕开王翠萍，大步蹿向莫雅莉，嬉皮笑脸地呱："我的雅莉呀，今天，我袁某人专程看望你来啦。"

莫雅莉束手僵立，痴滞无语。她睁开迷惘的眼睛，看看马小凯，再看看袁和平，一脸茫然。

情感挚诚的马小凯，陡然遭到意外冲击，两眼生出了狐疑的神色。

而一体轻佻的袁和平，自顾热辣辣地睨住莫雅莉，倾泻出充满淫诱的目光。

莫雅莉置身二男中间，凝固不动，如同一具僵硬的腐尸。

见莫雅莉犯傻，袁和平笑脸一闪，转身面对马小凯，恬不知耻地咧："马老弟，你可知道？雅莉早已是我的人了。没料到，今儿个你也会她来了。咋的？你想和我共妻？共睡一个女人？两条叫驴同配一匹小母马？是吗？啊哈?!"

"呸！"马小凯盛怒难耐，狠狠朝袁和平啐出一口唾沫，夺路而去了。

直面袁和平丑恶的言行，女警官王翠萍更是忍无可忍，心火大作了。她猛一把揪住袁和平的领口，暴吼："流氓！货真价实的臭流氓！你是怎么进来的？谁叫你进来的?!"

袁和平随即扭斜了嘴角，与王翠萍对着吵："说什么？你说什么？我是怎么进来的？谁叫我进来的？废话！屁话！统统废话！统统屁话！本爷们老实正告你，我是凭证进来的！"说着，他亮出一张盖有红印章的纸头，撑大嗓门号叫，"看！这是我的介绍信，是专门介绍我袁大人前来探监的介绍信。一路上，有人为我开绿灯，我就溜溜达达进来了。请问，我犯啥讲究啦？哦喵?!"

王翠萍再吼："你来干什么?!"

袁和平再叫："我来干什么？我来接见莫雅莉呀！当我举着介绍信乖

乖登记的时候,相关人士对我说,莫雅莉正好被你老人家带到接见室来了。于是嘛,我就走个捷径,直接跑到这儿来啦。一切顺情顺理,咋的啦?却一不小心撞见我的情敌马小凯,也真算他妈的碰巧倒霉喽。"

王翠萍听罢,肺都气炸了,就一股脑使出浑身猛劲,不容分说地将袁和平揉出门外,高声怒喝:"不许你接见!"

31·监舍

短衫束体的樊梅,对着镜子梳理短发,修饰容貌。

门开了。泪痕斑斑的莫雅莉,咬住嘴唇走进屋。

樊梅一愣,抠问莫雅莉:"你这脸色里,有文章。怎么?袁和平那王八羔子没来?"

莫雅莉晃晃脑袋,一头扑到床上,大哭。

樊梅见状,急急追问:"你到底是怎么啦?说话呀!"

莫雅莉一言不发,埋头号啕。

樊梅一反嗜好打斗的秉性,关切地抱起莫雅莉,轻轻抚摸她的脸,释放出少有的温情。

莫雅莉的脸,便在樊梅柔情抚摸的过程中,痛苦地抽搐着,抽搐着。

樊梅见同犯号哭不止,自家眼皮一酸,也随风随雨啼哭起来了。

突然,樊梅一抹泪豆,不哭了。她拍拍莫雅莉的屁股,烈嗓号叫:"哭什么?女儿有泪,也别他妈轻弹啦,咱不哭了!来,哥们儿,咱不哭,咱唱!"

樊梅叫唤罢了，一把扯掉短衫，露出高挺的胸脯。随即，她就亮开嘶哑的嗓门，狂唱流行歌曲。她一边唱，一边扭胯甩臀，跳起迪斯科。

莫雅莉受此煽惑，怪笑一声，也跟着狂舞起来了。

这时，由杨桂兰带领着，管教员王翠萍破门而入。朝满屋乱象瞥过一眼，王警官一跺脚，厉声喊："停下！樊梅，莫雅莉，快停下，甭蹦了！"

然而，樊、莫二犯如临无人之境，狂舞无羁。满口怪歌，越唱越响。

王翠萍无奈，不得不动用双手，拉住二犯。

可樊梅贼胆包天，竟敢抱住王翠萍，强拉分管自己的女警官陪她跳舞。

王翠萍气极，使尽全力推倒樊梅，随口喝令闻声赶来的女犯们："上！制服这两个怪物。"

杨桂兰伙同其他女犯，一哄而动，将樊、莫二犯扭住了。

32·小号

一间小号里，樊梅抱住两腿坐在地板上，懒洋洋地咧："嘿！蹲小号就蹲小号，享他几天清福再说嘛。"

另一间小号里，莫雅莉缩在墙角，两眼散发出失神的虚光。

画面上，反复出现小号的栅门。铁门威严，一栅隔世。

莫雅莉害怕了。她长叹一声，闭上了眼睛。

昏暗中，脚步响嗒嗒，由远而近。

俞大队长端来一份饭，从铁栅下面的孔洞里，塞进了小号。

莫雅莉听到动静，慢慢睁开眼，见是大队长送饭来了，脸上泛起愧色。滞顿片刻，她便接过饭盘子，哀哀乞饶："俞大队长，我不蹲禁闭，我写检查，我写检查！"

听到犯人说出反悔的话，是管教干警最大的欣慰。俞洁心门一颤，热眼觑住莫雅莉，说："想写检查，想反省自己的错误，当然好。不过，你得先把饭吃了。"

喜获大队长的关怀，莫雅莉多有感动，遂像执行命令似的啃下了一口窝窝头。那泛青的眼角，涌出几颗泪珠。

策略对路，水到渠成。俞洁等莫雅莉吃完饭，才打开惯常随身携带的文件包，取出纸笔，递进栅栏："认真检讨，痛改前非，才是正道。"

"唉。"莫雅莉满面含羞，诺诺应了声。

33·女监车间

车间外的树头上，群蝉齐鸣。

车间里的缝纫机，嗒嗒叫，嗡嗡吵，与室外蝉鸣形成了失谐的和声。

莫雅莉俯在工作台前，聚精会神，剪裁衣料。

下车间视察生产情况的俞大队长，目睹女犯们热火朝天的劳动场面，两颊透出了喜悦的光泽。

莫雅莉突然忙碌起来，将一堆裁好的衣片儿，分送到左右两排缝纫机的案板上。

镜头由远而近，推出墙报上的竞赛栏。王翠萍将一面优胜小红旗，妥妥贴在莫雅莉名字后边。

34·监舍　夜

莫雅莉坐在灯下，读书。书的封面上，印有《服装设计与剪裁》。

犯人小组长杨桂兰走来，为莫雅莉讲解图意，做辅导。

35·同上

长明灯，照亮监舍。熟睡的女犯们，发出细碎的鼾声。

莫雅莉藏身于毛巾被里，在笔记本上画出一排带舞姿的小人。每个小人身上，都穿有一套别致的衣裳。见俞大队长进屋查铺，她连忙蒙住头，佯睡。

俞洁早已发现莫雅莉的秘密，就掀开她的被窝，看了看那个小本子；看罢，鼓励道："肯动脑筋，是好事。你可以大胆想，大胆画，大胆创作，争取设计出更简洁更漂亮的服装产品，来满足人民大众的生活需求。可是，你要劳逸结合呀，该休息的时候就要休息呀。夜深啦，睡吧。"

莫雅莉用感动的眼神，望着大队长。

36·监舍楼廊　上午

莫雅莉靠在玻璃窗前，透过栅栏，眺望监狱大墙外成群结队攀爬泰山的青年人。眺望中，她着重选看、记忆登山者五颜六色的夏装。

被政府列为重点反改造尖子的樊梅，黏在莫雅莉身边。樊犯触景心动，觍出一脸俗相，混嘣："你瞧那些小伙子，活蹦乱跳的，多有劲儿，多有种啊？唉，可惜噢，远水解不了近渴哟。"

莫雅莉心生反感，啐口清痰，离开她了。

37·监舍 夜

灯光下，莫雅莉认真进行服装设计，一张不大的图纸上，画出一幅不成样的草图。

莫雅莉反复修改图纸，终于露出了爽利的笑靥。

38·女监警务值班室门外 晨

紫藤架下，雾气渺渺。

莫雅莉将设计完成的童装图纸，交给俞大队长，脸上写满征询的问号。

俞洁瞄瞄图纸，连夸："好，好，设计得不错。这样吧，你先做件样品出来，咱看看实际效果。"

莫雅莉欣然应答："是。"

39·女监车间

莫雅莉亲自操纵缝纫机，嗒嗒嗒跑完了最后一趟针脚。她将缝成的男孩夏装贴到高耸的胸脯上，自我欣赏。必是童心复萌，她四肢一摇，还做出几个好看的儿童舞蹈动作。

正逢此刻，俞大队长和王翠萍走来了。

莫雅莉偶见两位警官，难为情地吐了下舌头，收住了舞步。当即，她把试制出来的童装样品，递给了大队长。

俞洁接过童装，从里到外审视了半天，啧啧称道："嗯，好！样式好，做工也好，漂亮，漂亮啊！孩子们见了，一准喜欢。"随说，她将童装塞给王翠萍，呵呵着："喏，你也瞧瞧。"

王翠萍捧住小衣裳，仔细翻了翻、瞅了瞅，也点头夸："好，是好。好看，真的好看，太好看了！"

俞洁美美一笑，攥紧拳头，说："就这么定了。马上报给支队审批，投入批量生产。"

40·同上

缝纫机发出的噪声，嗡嗡作响。一排一排紧张操机的女犯，汇成了博大的劳作场景。

莫雅莉抓住剪刀，敏捷运作，快速剪裁衣片。

俞大队长在一个年龄较小的女犯身边哈下腰，手把手传授技艺，纠正小女犯的缝纫动作。

莫雅莉将裁好的衣料，一打一打包起来，分送给紧张操纵缝纫机的女犯们。

管教员王翠萍率先垂范，同女犯们一起劳动。她抹抹额上的汗，大声喊："支队已经批下来了，要我们女犯大队生产出两万套新童装，投放到华东地区城乡市场。好好表现你们每个人改造态度的关键时刻，到啦！快马加鞭，力争上游，挥汗大干一场吧！"喊罢，她将一捆童装成品抱走了。

莫雅莉从仓库里扛出一沓色彩鲜艳的童装布，霍霍大喘着，走向自己的工作台。突兀间，她猛一下摔倒了。只见她略一挣扎，便乱翻乱滚呻吟起来了。

由成品集中点返回来的王翠萍，发现这一突发事件，失声惊呼："莫雅莉，你怎么啦？"

莫雅莉只管混混哼哟着，答不上话来。

俞大队长闻声一震，就一路小跑，赶到了莫雅莉身边。她摸摸莫犯的脑门，掐掐莫犯的人中，不假思索地朝女犯们下达了指令："把她送到医院去，快！"

众女犯七手八脚一顿忙活，将莫雅莉抬走了。

41·支队长办公室

俞大队长从女监医院出来，手里拿着莫犯的诊查报告单，径直赶回支队办公楼，奔向支队长办公室，敲了门。

门内，随即传出了洪亮的回音："请进！"

俞洁简单整了下警容风纪，轻轻推开门，进屋了。

年近花甲的支队长，正伏案批阅文件。他见女犯管教大队大队长来了，便急切地站起来，直奔主题道："你来得正好，我正要找你呢。快说说，那个莫雅莉的情况，怎样了？医院给她确诊了没有，她到底患上了什么怪病？"

俞洁喘了喘，说："我也正是带着这件事来见你的。医院说了，莫犯被捕前生活糜烂，她得了非常严重的妇科病。几个月前，她有过一次大出血。这一回，她又是大出血，病情险恶。经过紧急抢救，现在总算脱离危险了。我想请示你的是，能否批准她保外就医，让她好生康复一段日子？"

支队长沉思片刻，郁郁答："可以考虑。一来，她病情十分严重，急需加强治疗。二来，她最近的改造表现，也不错。从人道主义讲，从教育、感化、挽救青年犯的新政策角度讲，可以考虑。只是，她父亲是个倔老头子，肯收她回家吗？"支队长踱过几步，大声补充，"莫雅莉入监后，她父亲专门来找过我，求我把他的女儿管教好。管教方法不限，只求女儿脱胎换骨。就是打，也求我把他的女儿打好；就是砸，也求我把他的女儿砸巴好。否则，他就不许女儿再登家门！老头子心刚气正，哪能让自己的女儿半途回家呢？"

俞洁叹口气，沉吟着："那就要看咱们的工作，做得怎样了。"眉心一皱，她突然下定决心，说："我这就动身，去见莫雅莉的父亲。"

当俞洁走到门口、即将离屋的一刹那，支队长忽一仰头，连忙唤："老俞，等等。"

俞洁得令，赶忙停下了脚步。

支队长眼望窗外的蓝天，看了许久，才一字一顿地嘣："你要告诉那位老哥，让他知道，我们党的劳改政策，历来强调要把犯人当人看待。他一个做父亲的，更不能把犯了错误的女儿拒之门外。"

俞洁听过，连连点头。

42·莫雅莉家　一个爬满牵牛花的小院

莫父莫母陪着俞大队长，坐在窗外老槐树底下，彼此拉话。

莫母边说边哭，泣不成声。

莫父吸完一支烟，吐出一口痰，才手指两个正在院角跳皮筋的小丫蛋，向狱方叫苦："大队长，你瞧瞧，俺这名下还有两块好肉哇，可不能叫她一块臭肉腥了满锅汤啊！"

俞洁清清喉，劝解道："大伯，话可不能这么说呀，莫雅莉也是你的女儿呀。对待儿女，你得一视同仁哪。你不喜欢雅莉，可雅莉却喜欢你呀。她在睡梦中，还喊过你呢，'爸啊爸啊'叫个不停呢！女儿想你，而你老的心却这么硬，这在感情上是不公平的。"

莫父摇头，悲痛不迭："大队长，俺跟你说吧，打从解放那年进了厂子，俺就一直是劳模呀。可如今哩，俺倒成了犯属，在工友面前实在抬不起头啊。"一顿，又吭，"就连这两个小丫蛋的学校开家长会，俺都不敢去。只要俺一到场，老师总要格外关照俺几句，好像俺家是个专养大尾巴蛆的茅坑。咳！俺……俺难哪！"

俞洁满怀同情，暖语相慰："现今青少年犯罪是个社会问题，不能单纯归咎于家长。与不良社会现象对青少年所造成的意识腐蚀和精神污染相比，传统文化养育下的家庭影响就显得软弱无力了。所以说，你老也不必过于伤感了。"略一艮，她抬高嗓音，抛出自己的意愿，"我们关键要提请你老做到的是，对待莫雅莉，你还是应该倾尽父爱，最大限度履行做父亲的义务和责任。怎样？大伯，协助我们一下吧，好吗？"

莫父无可奈何，痛拍大腿哼："咳——"

俞洁会意，点头笑了。

43·莫雅莉家门口

莫雅莉提着行李卷，呆滞地站在院门口，犯傻。

院外，围有不懂法律、素质低下、爱瞧稀奇景的街坊。邻人们众说纷纭，喊喊喳喳。

一个中年汉子，从人群后面踮起脚跟觑望莫雅莉，被他老婆生生拽倒，惨遭臭骂："贪腥的猫！公家又不准她开窑子，你在这里黏糊什么？跟俺回家去！"

少不得，引来一阵讪嘻哑笑。

莫父闻听秽音，仿佛被仇家掘了祖坟，遂跳出上房，尽将恶火燎到莫雅莉身上，狂吼："浑蛋！这不是你的家，你给俺滚！滚！滚！远远地滚！"

受到严父责骂，莫雅莉眼泪暴滚，两脚不由自主地向门外挪动。

跟在莫父身后的莫母，也大动肝火，混吵："小祖宗，还不赶紧进屋躲着？明晃晃地竖在大门口，成心要给俺丢人现眼吗?!"

听到母亲怒喝，莫雅莉浑身颤抖，两脚又不由自主地朝门里挪动。

然而，由于神魂颠倒，进退维谷，莫雅莉仅仅向门里挪移了两步，即死死地僵住筋骨，不会动了。

莫母见女儿目光恍惚，一直犯傻，就气哼哼地扑过来，抓住莫雅莉的衣襟，生往家里拽："你聋啦，快进屋，进屋！"

这时，一直躲在隔墙马家小院里的马小凯，愣被围观的街邻气炸了肺。他一高翻过两家中间的矮墙，蹦进莫家小院，像头猛狮似的扑向庸俗的邻人，嗷嗷大叫："看什么看什么？有什么好看的？你们才应该滚呢！滚！滚！都滚！统统滚开！"呵斥罢了，他又舞动手脚，豹冲虎撞，终将人们驱散了。

莫母拖着莫雅莉，刚刚来到上房台阶下，莫父竟一把夺下莫雅莉的行李卷，顺手扔进小厢屋，横下嗓子哼："你，甭进家，就睡那儿！"

莫雅莉遵命，走进厢屋，见自己的被褥被父亲丢到一张多年不用的破床上，委屈地咬住了下唇。

马小凯踌躇举步，来到厢屋，瞅住莫雅莉，默默地站定了。

莫雅莉哭脸抽搐，哀伤极了。她往马小凯身边靠了靠，又神经质地刹住脚，凝固了。

蹲在厢屋门外抽闷烟的莫父，见此一幕，便毫不犹豫地发了声，告诚马小凯："你呀，好模好样的，往这儿凑合什么？你……走吧。"

马小凯叹着气，迟迟疑疑离去了。

44·莫雅莉家

全家人，围拢一桌，吃晚饭。

莫母给莫父及两个小女孩盛过饭，最后给莫雅莉舀满一碗粥。

莫父心冷，重重地刮了大女儿一眼。

莫雅莉用牙齿咬紧自己的五指，没让自己哭出声。

45·莫雅莉家门口　黄昏

袁和平落落大方地推开门，雄赳赳地走进了小院，亲热地叫："雅莉！莫雅莉在家吗？雅莉！雅莉——！"

莫父闻声，手持木棒，怒冲冲堵住袁和平，破口大骂："你这条狗，给俺出去！你再往前走一步，俺就砸断你的狗腿！"

袁和平下意识摸摸领带，百般讨好地嚷："伯伯，今天您可认错人啦，我是和平呀！"

莫父啐口浓痰，再骂："俺没认错人！你这个下三烂，老子打的就是你！"音落，老头子举棒开打。

袁和平一路招架，一路退却，灰溜溜地逃了。

46·莫雅莉家　夜

莫父横眉虎目，冲着女儿莫雅莉，自行审讯："你说，那个姓袁的烂小子，怎么又蹿到咱家来了，说！"

蓬头垢面的莫雅莉，跪在地上，哀哀低吟："爸呀，我不知道，我真的不知道啊。"

莫母无语，只顾抹泪。

莫父气不过，继续追问："你不知道，谁知道？那……怎么你前脚到家，他后脚就跟着来啦？"

莫雅莉一边晃头一边哭，吆吆叫："我不知道，我不知道，我实在是不知道啊，我的老爸爸呀……"

47·莫雅莉家小院

长空多云，天光微弱。小院里，冷冷清清。

莫雅莉捡来一堆脏衣服，坐在水龙头下，吃力地搓洗着。

小妹从屋里穿出来，故意避开大姐莫雅莉，向街上跑去。

莫雅莉叫住小妹，小声问："小花，你怎么不去上学呀？"

小花答："我们班老师今天开会。"

莫雅莉又问："你不待在家里做作业，跑出去干什么呀？"

小花又答："同学们说，你是犯人，叫我离你远一点。"

莫雅莉一惊，含泪低下了头。

48·马小凯家小院

马小凯站在矮墙旁边,用异样的目光望着莫家小院。

隔墙推出莫雅莉洗衣服的近景。她汗流满面,似乎在用汗水洗涤自己的灵魂。

马小凯注视着衣衫不整的莫雅莉,脸上浮满了痛楚的云。

49·莫雅莉家小院

莫雅莉全神贯注,搓洗衣物。那满脸憔悴,展露出难耐的疲惫。

搓揉着搓揉着,莫雅莉仰身躺到矮矮的竹椅上,昏睡过去了。

50·马小凯家小院·莫雅莉家小院

马小凯拿着一包蛋糕,轻轻翻过矮墙,走近水龙头,走近莫雅莉。

马小凯放下糕点,垂首而立,不无痛心、不无怜惜地瞄住了莫雅莉。默视许久,他才踽踽离去了。

51·莫雅莉家小院

莫雅莉醒来,发现糕点,难禁一愣。

略一思索,莫雅莉随手抓起蛋糕,送进上房,装入爸爸的酒柜。

回到屋外，她见爸爸的工装已经晾干，便兀自收起来，贴在脸上蹭了蹭，含泪吟了声："爸爸——"

52·莫雅莉家　傍晚

开晚饭了。

莫父拉开酒柜，拿出酒瓶。接下来，他恍惚着提出一包蛋糕，笑呵呵地问大家："谁买来的？"

没人应。莫母及两个小女儿，面面相觑。

莫父心生疑窦，横加追问："这东西到底是哪来的？"

正给家人盛饭的莫雅莉，见父亲追得紧，只得吞吞吐吐地吭："我、我放的。"

莫父一听急红了眼，越发要打破砂锅问到底了："你放的？你搁哪儿弄来的？"

莫雅莉顿时毛骨悚然，满嘴支吾着："不不，这……不，不知道。"

莫父随就怒气不打一处来，干脆一脚将莫雅莉踹倒，切齿大叫："好哇，你这混账玩意儿，真是越混越花花啦，越混越没个人样啦！"说着，他随手捞起一根短棍，照准大女儿就劈头盖脸地暴打起来了。边打，边喘，边号，"俺叫你嘴硬，俺叫你不知道，俺叫你不知道！俺打死你这个孬种！"

53·莫雅莉家小院　夜

莫雅莉躺在厢屋破床上，辗转反侧，苦苦呻吟。棒伤剧痛，令她难以入睡。

夜深人静，她仍在哭泣，满脸浊泪。

蓦地，她咯咯咬响牙床，不哭了；随而站起，蹑手蹑脚潜出小院。

54·马小凯家小院门口　时间同上

莫雅莉步履艰难，慢慢挪蹭到马家小院门口，停住了。

莫雅莉推推大门，推不开，也不见上房里传出声响来。

仔细一瞅，有铁将军把门。原来，马小凯上夜班，马母也没在家。

莫雅莉绝望了，只得原路返回。黑暗中，她一跤跌入雨水泡成的烂泥洼，躺倒了。

似缘因果，事出必然，近处传来几响熟悉的口哨声。

莫雅莉一惊，赶忙从泥泞里爬起身，朝口哨声传来的方向，踽踽而去了。

55·土街头　时间同上

袁和平坐在摩托车上，一长一短吐出哨音，幻想能唤来他一心想玩弄的女人。

莫雅莉在奔向哨声的过程中，心神错乱，一步一回头。她最后一次回头的时候，痛苦地喊了声："拜拜——"

等模模糊糊看见莫雅莉的身影，庆幸幻想变为现实的袁和平，就大飞脚迎上前去，一把抱起了梦中的老情人。

莫雅莉重温旧梦，兀自朝袁和平的胖脸上半真半假地打了一巴掌，冲口问："你怎么会在这儿？"

袁和平酸溜溜地笑了一声，嘻嘻答："自从那日被你爹打出门，我就天天晚上在你家附近徘徊，守候。我认定，总有一天，你会承受不住折磨，离家出走的。"

莫雅莉有点恼，讪讪讥讽："你这叫什么呀？太下作了。"

袁和平厚颜无耻，大发鬼论："我这叫什么？这叫长相思呀！情男情女，天各一方，就得长相思啊！我和你，爱比南山，情如东海，更得长相思啊！不死，就得相思啊！"

莫雅莉胡乱听过了，即赧赧啐了袁和平一口，低声骂："呸！你这混屌儿，纯是个幽灵。"

袁和平挨了情骂，疯乐，随即发动摩托车，带上莫雅莉，沿着昏蒙蒙的夜路，急急飞奔了。

56·服装店　窗口射进日光

袁和平几经挑选，为莫雅莉买了套十分入时的新装。

莫雅莉从试衣间里走出来，仙姿袅娜，光彩照人。

57·莫雅莉家大门外

俞大队长和王翠萍,从莫家小院里穿门而出。莫母跌跌撞撞,尾随其后。大家同心,要尽快找到失踪的莫雅莉。

58·普照寺

身穿红色连衣裙的莫雅莉,紧紧偎着袁和平,走进普照寺。两人坐在"六朝松"下,拍击"五响石",发出放浪的笑声。

莫雅莉指着"一品大夫松",问袁和平:"喂,哥们儿,你总吹嘘,你爸是个大官。那,你就彻底交代交代吧,你爸算是几品呀?"

袁和平眯眯眼,嘿嘿着:"咱爸啊,特品。"

二人又笑,哈哈哈……

59·普照寺外

俞大队长和王翠萍拦住两位游客,以语言加手势,访询自己想知道的情况。

游客点点头,朝寺院里指了指。

俞、王二人怀着一分希冀,急忙走进了寺院。

60·普照寺内

游客爆满，熙熙攘攘，水泄不通。

俞大队长和王翠萍，在人流中匆匆游动，形若穿梭。

61·泰山脚下

俞大队长和王翠萍，走完一段山路，再走一段山路，累得汗流浃背。

躲藏在巨石后面、窥见了二位警官的莫雅莉，面呈愧色。

62·黑舞厅

红男绿女，群魔乱舞。

袁和平挽住莫雅莉，跳起狂热的迪斯科。

63·地下餐馆 夜

灯红酒绿，噪声激越，一派混沌。

酒鬼猜拳，暴饮暴食。赌徒喝彩，玩弄输赢。舞痞疯癫，飞旋如风。

角落里的袁和平搂紧莫雅莉，一心纵欲。被扒光衣裤的莫雅莉，挣扎着，拒绝着，却无济于事。袁和平狂叫，莫雅莉呻吟。

餐馆外缘，警车袭来。警笛长鸣，越叫越响，响彻夜空。

顿时，非人非兽的场面上，乱成一团。一群流氓阿飞，做鸟兽散。

匪徒逃散中，莫雅莉拽住了袁和平，苦苦央求道："袁哥，你带上我，远走高飞吧。"

岂料，袁和平突发狰狞，恶狠狠地扇了莫雅莉一巴掌，暴口大骂："骚货！你倒想得美！"骂过，他一脚踹翻老情人，独自跑了。

莫雅莉仰面朝天躺在地板上，绝望地惨叫着："天哪！天哪！我的天哪！啊——！啊——！啊……"

下　集

64·密林　阳光下

大队长俞洁和管教员王翠萍，一道钻进密林，分头寻找草药。

王翠萍发现一棵药草，兴奋地扑过去了。

王翠萍手捧奇株，"噢噢"欢叫。

山谷里，飘荡着悠扬的回音，"噢噢噢……"

未及俄顷，俞洁闻声跑来，笑脸如花："找见了这种药草，莫雅莉的身子，就能得到调养哩。"

65·监舍　夜

女犯们身穿短袖衫，铺放被褥，准备就寝。

复归监舍的莫雅莉，面带赧颜，抢先钻进了被窝。

唯恐监纪不乱的老女犯，故意走到樊梅身边，抬抬金丝眼镜，低声挑逗："你的好伙伴，滚回来了，也不欢迎欢迎吗？"

樊梅受此煽动，当即兴起，一边睨住邻床的莫雅莉，一边拍响巴掌，嬉口怪叫："欢迎欢迎，热烈欢迎！欢迎欢迎，热烈欢迎……"

众女犯听了，掩口而笑。

面对奚落，莫雅莉实在承受不了。少不得，她一摔枕头，直了嗓子喊："队长！政府！队长队长，你们快来啊——！"

66·楼梯　时间同上

走在楼梯上、例行检查各监舍睡前情况的俞洁大队长和王翠萍管教员，听到喊声，不禁一惊，一齐向楼上跑来。

67·监舍　时间同上

樊梅拍巴掌，越拍越烈。樊梅呼口号，越呼越响："欢迎欢迎，热烈欢迎！"

莫雅莉恼羞成怒，一把将樊梅推倒在床，大吵："姓樊的，你太欺负人啦！"

樊梅爬起，双手叉腰，刁语回击："哎哟哟，哥们儿，我好心好意欢迎你荣归故里，怎么能叫欺负人呢？谬论，谬论噢！"

天阶　113

莫雅莉更怒，狠狠揪住樊梅的衣领，混骂："放屁！你再敢胡咧咧，我就对你不客气了！"

樊梅岂肯甘拜下风？就也抓住莫雅莉的双肩，狂号："不客气就不客气！你不客气又能怎样？"

两张气势汹汹的脸，于是开始对峙了。

戴金丝眼镜的老女犯，看到这幅她最想看到的画面，眼角里闪出了险恶的光斑。

青年女警官王翠萍率先破门而入，冲两个疯狂厮斗的女犯放声大喝："你俩干什么？松开！"

二犯听到喝令，只得松手，犹如两只斗败的母鸡，各自后退。

紧接着，俞大队长进屋了。

满室女犯忽见大队长降临，都屏声闭气，胆怯地钻进了被窝。

俞洁以严厉的目光，朝监舍里扫视一圈，便暴嗓宣布："樊梅，从明天起，停工反省！"一顿，又补令，"莫雅莉，穿好衣服，跟我来！"

大队长语息，监舍里一片寂静。

68·教育室　夜深了

俞大队长和王翠萍，神色平和地坐在沙发上，听莫雅莉申述。

莫雅莉："我二进宫，本来心里很难受，她樊梅还要给我添油加醋，不怀好意地捉弄我，真下作。"

俞大队长："樊梅的事，我们一定会严肃处理。不过，作为重新犯科被收监的你，可得好好把握住你自己，千万不能再下滑了。你要真正拿出重新做人的决心和勇气，认真改造自己的灵魂，绝对不可以再度破罐子破摔啦。"

莫雅莉："这……我懂。"

俞大队长："光懂不行，还要做好。"

莫雅莉无语。

王翠萍插话："人民政府给了你一次很好的机会，让你投亲养病。而你却思想松懈，旧病复发，太叫我们失望啦。"

莫雅莉流泪，依旧无语。

俞大队长："今晚的谈话，就进行到这里。好啦，莫雅莉，回去睡吧。"

莫雅莉向二位警官敬过礼，蹀蹀离去。

69·女监大院　月光下

俞大队长和王翠萍，同时下班。二人边走边聊，不无亲密。

俞洁开门见山，照直问："跟我说实话，小王，莫雅莉走了一段回头路，对你的事业心触伤挺大吧？"

王翠萍浅浅一笑，答："我呀，还真有个怪毛病，越是碰上钉子，还越不服气哩，非得搞出个名堂不可喽！"说着，她又拿出一封信，递给了顶头上司。

俞洁接过信，嘿嘿道："又是未婚夫寄来的吧？"

王翠萍摇摇头，嘻嘻嗫："否，是我写给他的。"

70·泰山脚下通天街　灯火阑珊

大队长俞洁和管教员王翠萍相伴而行，走出监狱，来到回家必经的马路——通天街。

在一杆路灯下，二人对脸站着，像两株亭亭玉立的青竹。

借助昏暗的灯光，俞洁聚精会神，默读书信。

书信字面上，飞出王翠萍的画外音："刘，亲爱的，今天，我应该实实在在地告诉你，我已经爱上劳改事业了。也许，你还要说，我是个傻丫头。傻就傻吧，我傻定了。不仅我要在劳改队里干下去，为国家的劳改事业贡献青春；我更希望你也能向我靠拢，投身到劳改事业当中来，发挥自己的才干。让我们并肩战斗，为国家、为社会塑造出更多的新人，最大限度改善人世间的法治环境。否则，假如你仍然不赞成我'蹲监狱'、干劳改，咱俩的事，可就复杂难办了……"

俞洁读完信，亲昵地揽住了王翠萍，喃喃道："小王啊，你真是我难得的好妹妹。"

王翠萍也抱紧了大队长，热拥久久，不松手。

71·女监琴房　晨

俞大队长将莫雅莉领进琴房，以循循善诱的态度交代道："莫雅莉，根据你的身材,也根据你在中学念书时表现出来的艺术特长,大队经过研究,决定把你调进文艺宣传队。到文艺宣传队做事,通过宣传人民政府的劳改方针,你不仅能够更直接更全面地理解国家对犯人实行劳动改造的目的及内涵,加速自身的进化和重生,而且你还可以接触更多的艺术品类,学习到更多的文化知识,积累出更深厚的文明素养。这对你的进步,包括对你今后的出路,都很有好处。从现在开始,你就在宣传队里苦学苦练,努力改造自己吧。只是,大队里如果有突击性的集体劳动,你也要踊跃参加的。"

莫雅莉惊喜万分,讷讷问:"大队长,你还信任我?"

俞洁面露笑影,微微点头。

莫雅莉深受鼓舞,遂挥手扫响了琴键,扫出一串欢快的音符。

72·女监琴房外　晚霞满天

樊梅趴在窗口上,偷偷盯住在屋里练歌的莫雅莉,露出了凶狠的眼神。

形影丑陋的老女犯,悄悄凑到樊梅身后,挑唆道:"咳,你唱两嗓子,比她强多了。俺说这红花运噢,怎就偏偏落到她的脑门上了?"

樊梅倒胃,回头狠踹老女犯的屁股,低声啐骂:"滚一边去!"

老女犯肥臀突坠,跌了个仰八叉。

73·地方某工厂院内　秋

大杨树的叶子，泛黄了，金秋到了。

微风吹拂，黄叶纷飞，翩翩飘落。

王翠萍与马小凯，坐在树下的长椅上，密切交谈。

王翠萍捻起一片落叶，对马小凯说："俞大队长和我一致认定，莫雅莉本质上不是坏女人。可惜，她在保外就医期间又被坏人拉下水，这太令人痛心了。"

仔细瞅瞅青年警官王翠萍的举止，可以发现她从大队长身上学过来的做派，一招一式，很像俞洁。

马小凯沉默片刻，叹口粗气，讷讷道："莫雅莉再次犯事，真叫我五雷轰顶，难以承受哇！"一哽半天，他又嗫，"有好长一段时间，我都在埋怨莫雅莉的父母。那两位老人家，只顾自己的尊严和脸面，全不顾孩子的明天与未来。对待他们的大闺女，那二老的表现，也太过分冷酷啦。"

王翠萍认同地点点头，趁势诱导："男女之间，初恋是一种十分珍贵十分美好的情感。作为一名天天接触犯人的管教工作者，我深深知道莫雅莉的心事。她多次向我表白，即使在她破罐子破摔的时候，她心里也是明净的；只有她的小凯哥哥，才是唯一可爱的男人，也是她唯一要爱的男人。我希望，你马师傅能宽大为怀，不要疏远莫雅莉。"

马小凯频频眨眼，垂首不语。

74·女监大院一角

由一位舞蹈老师辅导着,莫雅莉婀娜飘旋,苦练舞技。

远处,樊梅投来嫉妒的目光。

75·地方某工厂院内

王翠萍和马小凯,游游走走,随走随聊。

王翠萍突然收住脚,面对小马,切切恳求:"小凯师傅,说来说去,俞大队长和我还是那个老意思,请你以合法丈夫的身份,多给莫雅莉送去一些温暖。拜托啦,实在是拜托啦!我们共同努力,务必要把多灾多难的莫雅莉,彻底从污泥里拉出来!"

马小凯眼含热泪,诚恳应答:"放心吧,王警官,我不是负心的男人。过去我该怎样做,今后我还要怎样做。"

王翠萍忍俊不禁,开心地笑了。

76·监舍　冬

窗外,雪花飘飘,一片白。

监舍正面墙上,贴有"欢度春节"四个金色大字。

女犯们忙忙碌碌,在往窗玻璃上贴窗花。笑语满屋,喜气洋洋。

门口,断续传来女干警热情洋溢的吆喝声:

"刘丽，有人接见！"

"梁万珍，有人接见！"

"张凤玲，有人接见！"

刚被家人接见过的女犯，陆陆续续回到监舍。她们把收来的糕点瓜果往床铺上一摊，得意忘形地叫："都过来呀，大家都过来呀，吃果子啊！"

暂时无人接见的女犯，真就向摆满瓜果的床铺扑去，抓起雪梨花生，大啃大嚼。

杨桂兰坐在床头上，手里捏住一封信，犯痴。

莫雅莉迟疑着放下窗花，走到杨桂兰身边，问："你怎么啦？"

杨桂兰脸颊一红，痛切地说："家里来信了，不来接见我了。咳！都是我不好，是我对不起他们，不该跟上那个家伙私奔。仔细想想，还是自家的男人好。"

"还是自家的男人好。"莫雅莉深受触及，两眼发直，梦呓般重复着杨桂兰的话："还是自家的男人好，还是自家的男人好……"

莫雅莉与杨桂兰，表情雷同，藏有同病相怜的底韵。

目睹同犯们纷纷品尝家人送来的年货，莫、杨二人心生羡慕，满腔惆怅。尤其是年轻的莫雅莉，更加感到尴尬难耐，无地自容。

而莫雅莉的老冤家樊梅，也收到一包好嚼果。樊梅一边胡吃海塞，一边做出自我炫耀的小动作，故意逗戏莫雅莉，卖浪取乐。

就于这时候，管教员王翠萍突然出现在监舍门口，大声喊："莫雅莉，快去接见室，有人接见你！"

莫雅莉听清了呼唤，大喜过望，急急应："唉，唉唉——"嗓音里，饱含发自心底的期盼。答毕，她迫不及待地冲出监舍，跟上王警官匆匆跑了。

樊梅见景，倒是鼻头酸痒，不屑地嗤了一声："喊！"

77·女监大院接见室

由王翠萍监管着，莫雅莉乖乖坐在马小凯对面，接受探视。她惊喜交加，迟迟不敢抬起头来正眼望一望自家名分上的男人。

马小凯则端端正坐，定睛凝视着莫雅莉，似在辨识一朵雾里的花。

挨过一会儿，莫雅莉慌慌与马小凯对了下愣眼，又慌慌埋下了脑门。

马小凯兀自觉得应该开口了，遂抿抿厚唇，讷讷道："我今天，是，是以丈夫的名义，来……来见你。"

莫雅莉万分感激，极度兴奋，就神经质地点了点头："唉唉，唉。"

马小凯难免彻腹翻腾，千言难叙，他只顾硬逼着自己平静下来，吐出一句最根本的劝嘱："我希望你……能自爱，能自律，把自己经管好。"

莫雅莉俯首帖耳，唯嘱是从："唉，唉。"

马小凯百感交集，满心满怀里错了滋味。他无法掩饰地喘了喘，将一个布包递给莫雅莉，说："要过年啦，咱俩都要长一岁啦，该给自个添点年礼啦。我给你买了套新内衣，红的，初一大清早你就穿上吧。还有，还有二斤你最爱吃的老蛋糕，也趁新鲜吃了吧，打打牙祭吧。"

闻得暖心话，莫雅莉神魂激颤。她冲动地抬起脑袋，火火烈烈盯住

天阶　121

马小凯，不眨眼了。继而，她就一把抓起小布包，紧紧抱在怀里，生怕被别人抢去似的。哑着哑着，她猛然纵身扑到马小凯怀里，撕心裂肺地喊："我对不起你呀！小凯哥啊，我对不起你呀——！"喊罢，泪如雨下。

马小凯腼腆地搂住莫雅莉，轻轻抚摸着。

78·监舍　除夕夜

俞大队长带着王翠萍，和女犯们一起包饺子，赶做年夜饭。

莫雅莉心盛，包出一个特大的饺子。她三整两弄，又将特大饺子捏成一头小肥猪，逗得大伙哈哈傻乐。

79·女监大院小礼堂　彩灯闪烁

犯人春节联欢晚会，正在进行。

后台，王翠萍扑向正在上妆的莫雅莉，小声吆喝："雅莉，该你上场了，快，快快，要快。"

莫雅莉抹抹眉头，兴奋应着："唉——！"随而她就轻盈转身，亮开舞步，从边幕后匆匆旋出了。

80·小礼堂舞台　春节晚会

莫雅莉的舞姿——舒展，优美。

莫雅莉的神情——坦然，愉悦。

莫雅莉酷如阳春里一只丽光炫焕的彩蝶，边舞边唱：

蓝天，多么晴朗；

白云，多么鲜亮。

我想变成一只小鸟，

在云花下自由飞翔，

飞翔——

……

舞台下，一片笑脸，掌声雷鸣。

81·女监教室

几缕阳光，从窗口射进教室。

管教员王翠萍把放像机安装好，对坐满教室的女犯们说："现在，我们上课。今天上课的内容是，看录像。"

一个女犯显愣，惊奇地冒出一句："看录像？好哇好哇，看录像啦！"

当即，俞洁大队长款款走近放像机，郑重宣讲："对，看录像。今天为大家授课的，是老山前线的英雄们。你们每个人，都要认真观摩英雄们可歌可泣的战斗事迹，认真聆听英雄们保卫祖国的豪言壮语，以强化自己的爱国心，增进自我改造的力度。"

大队长语歇，王翠萍即灵巧操作，屏幕上立马出画。

画面里的官兵们，呐喊冲锋，浴血奋战。

女犯们凝神观看，情绪激动，热泪盈眶。

莫雅莉坐在同犯们中间，面相严肃，目光炯炯。

录像放完，犯人退场。而莫雅莉，一动不动地坐在原地，久久发呆。

小结画面，推出一个醒目的特写镜头——一条柳枝，冒出胖大胖大、翠绿翠绿的新芽。

82·女监大院　春

大院里另一棵白果树，发出了鲜嫩的绿叶。绿叶葳蕤，婆婆娑娑，随风闪摆。

树荫下的黑板报上，贴满女犯们学习老山英雄的决心书。

镜头渐进，推出莫雅莉的决心书。书面眉头，跳出大标题——《老山前线在流血，可我却做了些什么？》

配合画面，喇叭里传出声响："现在，重点播出莫雅莉的来稿，题目是——《老山前线在流血，可我却做了些什么？》她在来稿中说，'我观看了老山前线战地实况录像片，心灵深处受到剧烈的震撼和冲击。英雄的人民解放军官兵们，为保卫伟大的祖国在流血，令人崇敬。可我，却误入歧途，做了些有罪于人民、有罪于国家、有罪于社会的坏事，不可饶恕。相比之下，我自惭形秽，真是觉得没脸见人了。今后，我一定痛改前非，脱胎换骨，做一个地地道道的好公民，好女人'。"

广播声中，女犯们齐齐地坐在监舍里，为战斗在老山前线的官兵们做女红，纳鞋垫。

莫雅莉精益求精，在一只大红色鞋垫上，用金丝线编来绕去，纳出了龙凤呈祥的吉庆图案。

83·女监大院　花坛旁

红黄白紫一片月季花，亮丽，妩媚。

一群女犯捧着自己纳制的鞋垫，围拢在大队长俞洁身边，七嘴八舌地嚷："请人民政府代替我们，把这些慰问品寄给老山前线的英雄们。礼物虽然轻如鸿毛，可我们的心意，却重于泰山哪！"

俞大队长热眼望着女犯们，一一接过鞋垫，码成一垛抱在胸前，诚恳表态："请大家放心，我一定不负重托，把你们亲手做成的礼物，寄到老山前线去。"

女犯们听了，欣喜若狂，热烈鼓掌。

伴随掌声，莫雅莉最后一个将五双纳有龙凤呈祥图案的红鞋垫，递到大队长怀里。她含情脉脉，却没说一句话。

这时，支队长迈着坚实的步伐，朝俞洁大队长走来了。

女犯们见监狱最高级别的老警官陡然现身，都自觉地，且又不无慌惧地悄悄散去了。

支队长走近俞洁，一亮眼，侃侃夸赞："老俞啊，最近这段时间，你在思想教育方面，抓得不错噢。我想知道，下一步，你还有什么新的打算呀？"

俞洁讪然一笑，如实禀报："后天，就是五月四号，是五四青年节。我想趁热打铁，把几个思想转变突出的青年犯拉出去，拉到烈士纪念碑前，给她们讲讲革命斗争史。"

支队长频频点头，再予嘉许："这个办法，挺好。我看，可以照此办理。对犯人因地制宜进行教化，是我们的传统法则。"一顿，他挥手指了指漫无边际的长空，谆谆补充，"不过，有一条，你得乖乖记住——到野外搞活动，可绝对不能出事啊！"

俞洁嬉着脸，愉快地应了声："唉，记住了。"

84·小路

小路两侧，春草萋萋。

俞大队长和王翠萍，一前一后押领女犯们，大步行进。

莫雅莉走在队伍中间，不时打望挺拔的泰山。她的眼神里，似有思索，灿光闪焕。

85·革命烈士纪念碑前

众女犯踏上纪念碑的台阶，自觉排成两行横队，肃立默哀。

俞大队长走到纪念碑前，满怀沉痛，大声讲述："当年，为了解放我们脚下这块土地，为了让子孙后代过上幸福的生活，无数新四军指战员献出了宝贵的生命。这座丰碑上，染有烈士们滚烫的鲜血，写满烈士们永垂不朽的丰功伟绩。"

俞大队长的声音，渐渐隐去。代之而起的，是战场上的拼杀声。

拼杀声中，摇出莫雅莉及众女犯的脸。

拼杀声中，女犯们向纪念碑鞠躬，敬礼。

拼杀声止，莫雅莉慢慢走近纪念碑，双膝跪地，将一束顺路采来的山花，倚放到纪念碑的根部。

静跪良久，莫雅莉"哇"一开口，哭起来了。

莫雅莉的哭声，越来越高，震动人心。她一边哭，一边抚摸纪念碑，其情其景，催人泪下。

突然，莫雅莉咬破手指，用鲜血在囚衣大襟上写下一个淋漓的大字——"悔"。

莫雅莉两唇颤抖着，显然她想说点什么，却激情间什么话也说不出了。后来，她竟拱起脑袋，忘命地碰撞纪念碑，撞出满脑门悔恨的血。

俞洁见状，赶紧扑过来，把莫雅莉抱住了。

86·监舍　傍晚

晚饭后自由休息时间，莫雅莉仰卧在床，安恬地闭着双眼。

樊梅裸露着大腿，侧身坐在自己的床头上，养懒。她从褥子底下摸出一支香烟，放到鼻孔底下嗅了嗅，就指桑骂槐地嘣怪话："这屋里，今儿个咋就这么亮堂啊？噢，原来是呀，咱这野鸡窝里蹿出金凤凰啦！嘻嘻嘻……"

天阶　127

莫雅莉气恼地背过脸，努力控制自己的情绪。面对樊梅满嘴挑衅的臭嗑，她干脆强行屏蔽，充耳不闻。

其他女犯也锁口无言，不睬樊梅。

唯独老女犯，依旧不肯安分，给樊梅助阵。她从金丝眼镜上方射出诡异的目光，直觑樊梅，喊喊笑："掉了毛的凤凰，秃头秃尾，还不如你这只野鸡好看呢！"

樊梅得意，贫嘴逗哏："是吗？"

老女犯更得意，嬉口回应："是唉！呵呵……"

87·女监库房外　阳光灿灿

一辆装满布匹的大卡车，停在库房前。

女犯们忙于卸车，手提肩扛，将布料运往仓库。

莫雅莉扛上两卷布，咬紧牙，吃力地走在同犯们中间。

炽亮的阳光，照耀着莫雅莉，映亮一脸晶莹的汗珠。

88·女监库房里

光线昏暗，能见度极低。

在其他女犯都停工歇息的时段里，莫雅莉继续劳作，想为劳改队的服装生产多出一份力。她独自走进仓库，放下布匹，疲惫地喘了几口大气。她发现，两脚前头有几捆花布散落无序，便蹲下来，仔细整理。

忽然，由仓库角落里，传出"刺啦"一声脆响。莫雅莉觉得响声怪异，就警惕地迈出脚，悄悄朝响声方位摸过去。

长时间置身暗环境，瞳孔渐渐放大，莫雅莉终于看清：是反改造尖子樊梅趁机潜入库房，撕割布料，搞破坏。她不禁怒火中烧，当即大喝："樊梅，住手！"

樊梅见恶事败露，就抡起剪刀对准莫雅莉，凶相毕现："闭嘴！再叫，我就捅死你！"

莫雅莉明知，此刻仓库里只有她和樊梅二人，情况十分危险。但，莫雅莉还是临危不惧，不顾一切地扑上去，抢夺樊梅手里的剪刀，一边搏斗，一边叱喝："放下凶器，跟我走，向政府自首去！"

樊梅狠狠飞起一脚，踢中莫雅莉的下腹，混骂："小×样儿，你还是先跟我走吧，我送你去见阎王爷吧！"随说，她又抡起锋锐的剪刀，刺向莫雅莉。

莫雅莉闪身躲过，反手将樊梅拽倒，随即呐喊："来人哪！抓凶犯啊！快来人哪——！"

王翠萍听到呼叫声，顿感大事不妙，立马带领女犯们冲进了库房。

于是，正反双方面对面了。樊梅四面楚歌，陷入绝境，她只顾拼命挣脱莫雅莉的纠缠，拔腿就跑。

王翠萍挺身而出，会同几个女犯，死死堵住了樊梅的去路。

自然着，樊梅旋即转移锋芒，向王翠萍发起了攻势。她一剪刀戳破王警官的手，再连连捅伤两个女犯的胳膊，狼狈逃窜了。

89·女监大院电视接收天线铁塔

樊梅逃出仓库，蹿到监舍大院里，脚前路绝，就噌噌爬上立在监院中央的电视接收天线铁塔。

追赶樊梅的众人，也潮水般涌到铁塔下面，停住了。

樊梅一口气爬上几十米高的塔尖，黔驴技穷，只能哇哇干号："奶奶的，行啦，行啦！我当不成活的自由女神，也要做个死的自由女神！"

遂由受伤的王警官指挥着，众女犯紧紧围住铁塔，形成一圈厚厚的人体肉垫。她们做好了准备，一旦樊梅坠落，就接住这个臭女人。

闻风跑到铁塔旁边看热闹的老女犯，见准备接人的年轻女犯们神色慌张，就嘻咧咧地大声呱："樊梅是个老江湖了，变术多着呢！俺说呀，没事的，她不会死的。"

王翠萍一听，陡发呕感，遂鄙蔑厌恶地指指老女犯，怒叱："滚开！"

老女犯受斥，只是无所谓地乜乜诡眼，不再饶舌了。

王翠萍直视塔尖上的樊梅，心里又气又急，不知所措。百般无奈，她索性抓住冰硬的钢骨，往铁塔上爬。然而，她那只被樊梅刺成重伤的手，剧痛难忍，实在使不上劲了。

樊梅显然判断出，王警官一时间无计可施，她随就愈加趾高气扬，干脆疯疯张张狂放无羁，荤口唱起了膻烘烘的黑歌："你抱我，我软了。我抱你，你酥了。你亲我，我痒了。我亲你，你尿了。哎哟，娘个臭姥姥。咳咳！娘个臭姥姥，咱俩干上了……"

王翠萍耳闻鬼曲，火冲脑门，遂觑住犯人小组长杨桂兰，果断吩咐：

"上！把她薅下来！"

杨桂兰刚刚爬上两层钢梁，樊梅就毛了。她用剪刀疯狂敲击着塔尖，威胁道："别上来！谁敢上，我就和谁同归于尽！"

受到恐吓的杨桂兰，求救般瞅瞅王翠萍，脸颊一红，便胆怯地下来了。

女犯们围住铁塔，你看看我，我看看你，谁也不敢上。

王翠萍主意已定，发誓要制服樊梅，求个"杀一儆百"的效果。于是，她用汗巾缠住伤口，又牢牢地抓住钢骨，试图再攀。

就在王翠萍即将攀上第二道钢梁的时候，她却被另一双大手拖住身子，并生生把她拉下来了。原来，是俞大队长赶到铁塔下面了。

俞洁大队长神色严峻，傲立人群。宽绰的监院里，顿时变得鸦雀无声。

相跟着，又有几位女干警闻讯跑来。她们争先恐后冲向铁塔，都要爬上塔尖逮住犯人，也统统全被俞洁拉了回来。

静思片刻，俞洁大队长摘下警帽，习惯地按了按发髻。随后，她将警帽递给王翠萍，就抓住铁塔横梁，默默地向上攀爬。

见俞大队长已经攀上几层钢梁，樊梅不禁恐慌了，疯嚷："俞洁老大人，你也别上来呀！再上，我就叫你难堪啦！"

围在下面的女犯们，齐喊："大队长，别上，危险！"

而俞大队长，仍然默不作声，不停地攀爬着。

俞大队长攻势凌厉，迫使樊梅心魂惧悸，脸上渐渐失去血色。实实在在没咒念了，樊梅只得装腔作势，再次声嘶力竭地吼："你别上！再

天阶 131

上，我就跳啦！"

俞大队长依旧不动声色，脚踏架梁，继续往上爬，爬，爬。

直到抵近樊梅脚下，俞洁才停止攀爬，心平气和地说："樊梅，我告诉你，你怎样爬上来的，再怎样爬下去，才是你唯一的出路。"

樊梅噎口气，蛮耍无赖，硬着舌头吭："我不下去，我要自由！"

大队长气壮词严，晓之以理，动之以情："一个罪犯，企图用死来抗拒改造、逃避改造，是最最愚蠢的想法，也是遗臭万年的做法。你如果还算是一个人，就应该拿出个人样来，好好活在这个世界上。"

樊梅犹豫了好一阵子，才跟随俞大队长的动作，慢慢下退。

可樊梅只退下两步，竟陡然收住脚，不动了。

俞洁见状，厉声喝令："下！"

令人惊奇叫绝的是，樊梅彻头彻尾被俞大队长的神威镇住了，降服了。少不得，这个色厉内荏的女囚，只能听话地缘着钢架，战战兢兢，步步下退。

俞洁仿佛一块强力磁铁，迫使樊犯乖乖就范。最终，反改造尖子再也没有"尖子"气焰了，老老实实被大队长从铁塔上吸附下来了。

邪不压正，正气浩荡。樊梅两脚乍着地，即受到应有的惩处。王翠萍立马拿起手铐，将樊犯铐住了。

90·女监库房里

莫雅莉蜷缩在暗影里，低低呻吟。臀下，有一摊血。

王翠萍带领女犯们返回库房，找到了莫雅莉。

杨桂兰像一位大姐，一把将莫雅莉拉起来，揽进怀里。

王翠萍则伸出受伤的手，抚摸莫雅莉的脸。

莫雅莉也顺势抓过王警官的手，哽咽着问："还疼吗？"

王翠萍摇摇头，微笑道："不疼，不要紧的。"

莫雅莉从杨桂兰怀里拱出来，忽然像孩子一样扑到同龄人王警官身上，嘤嘤哭开了。

少顷，几个身穿白大褂的犯人医生，扛着担架慌慌走来，紧溜溜地将莫雅莉抬走了。

91·支队长办公室

女犯管教大队大队长俞洁、管教员王翠萍，会同支队管教科金科长，一字排开坐在长条沙发上。三人低眉垂眼，表情沉重。

稍显发福的支队长，仰靠藤椅，亦显得忧心忡忡。

俞大队长郁郁叹过气，说："莫雅莉的病情，简直成了我的心病。几天来，我一直为她的病体闹心。好在，从昨天中午开始，她的情况好转了。"

王翠萍晃晃脑袋，也说："这个犯人的体质，的确太差，元气大伤了。"

良久，支队长沉吟了一声，感慨道："为保卫国家财产，她与头号闹监犯樊梅，进行了一场殊死搏斗。对这种改造表现特别突出的犯人，我们一定要多加关怀呀。"

两位女警官，听过支队长的话，满脸堆笑。

突然，电话铃声响了。支队长操起话筒，礼貌地呼唤："喂，喂喂，你好，你好哇！"寒暄之后，他接着听了片刻，便连连喝彩，"哦哦，知道了，妙，妙。这就是说，我们劳改干警的队伍，又锦上添花啦！"

支队长放下话筒，乐颠颠地瞄住面前的青年女警官，竖起了大拇指："小王，你也是块小磁铁呀，磁力真叫强大呀！劳改局组织部来电话，说你的那位、你那位在威海当中学老师的未婚夫小刘，已经办妥调转手续，下周就来咱们东岳劳改支队报到啦。好，好哇！作为支队主要领导，我在这里谢谢你啦！"

未等支队长话音落地，俞洁就兴奋地拍了王翠萍一巴掌，大声叫好："嗨，真是好事多磨呀！小王，还记得吧？我曾经总结过你的性格特征，叫作'爱心火烫，纯情芬芳'。如今看，我的话完全正确，你也果真见到自己的修行正果啦。经过努力，你终于用你的'火烫和芬芳'，把心上人笼络到身边来了。从此哎，你和小刘两个，就永永远远夫唱妇随、形影不离、花好月圆喽！"

王翠萍难禁满腔激动，羞涩地倚到俞洁身上了。

俞洁捋捋王翠萍的黑发，遂又言归本务，说："关于莫雅莉的病，我们不可等闲视之。这一回，樊梅朝莫雅莉小腹上踹出的那一脚，太重，太狠，又一次造成莫犯流血不止。让莫雅莉在咱们自己的犯人医院里治疗，肯定是不行的。犯人医院的医疗条件，无法从根本上控制住这类重症病情的发展，更谈不上治愈了。所以嘛，小王建议，我也同意，还是让莫犯再次保外就医吧。"

支队长下意识地摇摇头，提出了疑义："可她已经保外就医过一次，如今再让她保外就医，恐怕在规章上讲不通啊。"

王翠萍应声站起，略一顿，直率插话："支队长，我是这样想的……莫雅莉虽然保外就医过一次，可她现今的病情非同一般，我们应该实事求是，对她网开一面。如果没有较好的医疗环境作保障，如果不在较好的医疗条件保障下对她进行系统性的专门治疗，恐怕会影响她终身的健康，乃至影响到她的生育。"

支队长默思了好半天，才朝金科长努努嘴，征询道："老金，你的意见呢？"

金科长呷口茶，咂咂嘴，表示赞同："我觉得，小王的意思可行，可以考虑。"

支队长再添犹豫，两眼环顾大家，十分郑重地问："那么，由谁来保她呢？"

俞洁不假思索，答："马小凯。"

支队长随口质疑："马小凯？"

俞洁点头确认："是的，马小凯。"

92·地方某工厂院内　大杨树下

漂亮的、头戴鸭舌帽的女徒弟小郭，站在师傅马小凯身边，羞怯地搓弄着手指头。两唇蠕颤，鼻翼翕动，足足憋过了许久许久，她才羞口讷讷着，嗫出了一声："难道，你……一点也不明白我的心？"

马小凯一脸凄苦，缄口不语。

小郭霍霍喘过几口大气，又郁郁不解地问："听说，你接受了劳改队的安排，要接一个女犯人回家？我实在想不通，那个姓莫的臭女子，已经糜烂到那步田地，你为什么还要收留她呀？"

马小凯沉默了一会儿，闪动着泪眼，说："她虽然是犯人，可我们俩仍然是法律上的夫妻，我不能不认这层关系。"

小郭心急，据理反诘："跟一个犯人离婚，只是一句话的事，说离就离，十分简单。我真不知道，你好端端一个男子汉，为什么硬要踏上一双破鞋去走爱情的路？"说完，她那曲线优美的胸脯，还在起伏。

马小凯拍拍脑门，忽然像狂人似的挥起拳头，一边砸击树干，一边嚷："你不懂！你不懂！这么多年来，我们俩的深情厚谊，已经沉浸到骨髓里啦。可以说，我们也算情感意义上的老夫老妻了，我早就把她看成自己的家人啦。她犯错误，是被动受害，是惨遭强迫。我不能在她走投无路的时候，再往死里踹她一脚，去做不仁不义的绝事啊！"

小郭泪眼闪烁，依旧懵懂。自然着，情窦初萌的女儿家决不肯轻易放弃爱火进攻，她干脆向马小凯贴上一步，愣是不计后果牢牢捉住了小师傅的手，嘀嘀叫："我爱你，我爱你呀！"

事情发展到这一步、这一节，马小凯不得不狠下心来，快刀斩乱麻。他轻轻拨开小郭的玉臂，定定盯住女徒弟那双秀美却迷惘不清的大眼睛，和盘倒出自己的心里话："爱情，是两相情愿的纯情，掺不得半点虚假和欺骗。小郭，你是一个好姑娘，是我的好徒弟，可我……可我从来就没爱过你呀。"

小郭听罢,大彻大悟,泪如泉涌。于是她一手捂脸,一手提起裙摆,呜呜咽咽头也不抬地跑了。

马小凯望着渐渐远去的女徒弟,两眼也湿润了。

93·东岳劳改支队大门口

马小凯为莫雅莉提着行李,面无表情地走在狱门外的大道上。

莫雅莉向送行的俞大队长和王翠萍摆摆手,便反身跟住马小凯,急匆匆地走了。

俞洁觑定前方,响亮地喊:"莫雅莉,好好走,盼望听到你的好消息!"

莫雅莉回过头,讪讪答:"唉!"

答过,莫雅莉再摆手,再反身,紧随马小凯飘然而去了。

94·马小凯家小院

马小凯领着莫雅莉,款步走进自家小院。

马母欣然迎出门,从儿子手里接过行李卷,对莫雅莉说:"孩子,快进屋。"

暖语沁肺,莫雅莉热泪盈眶。

镜头摇出马、莫两家小院中间的矮墙。莫母趴在墙头上,偷偷看着自己的女儿，似在无声哭泣。

莫父躲在自家门后，不知所措地瞄着邻院。

95·马小凯家屋里　黄昏时

马家人，吃晚饭。

马母颠动着小脚，颠颠儿给莫雅莉端来一碗饭。莫雅莉机械地接过饭碗，不无麻木不无痴恍地笑了。

马小凯兀自抓着一块馒头，蹲在饭桌一旁，沉闷地嚼。

马母看看发呆的莫雅莉，小声劝慰："小莉，吃饭吧，快吃呀。"随说，老太太又往莫雅莉碗里擩进一块咸猪肉，呢喃着，"多吃点，补补身子。"

莫雅莉扒进一口饭，默默地垂下了头。

96·马小凯卧室　夜

马小凯躺在自己的小床上，眼望天棚，出神。

97·马母卧室　时间同上

莫雅莉与马母，相偎相依，躺在一张大床上。

莫雅莉侧着脸，咬紧下唇，悄悄饮泣。

马母翻过身来，对莫雅莉说："夜深了，快睡吧。"

莫雅莉噎住嗓，无声。

马母依稀听到莫雅莉不规则的呼吸声，于是欠起头，笑笑道："大婶俺是看着你长大的，一直把你当成俺的亲闺女。小莉呀，人生在世，不怕跌跤，就怕跌了跤不知疼，再跌跤。从今往后，你打起精神来，随俺好好过日子就是了。"

莫雅莉听罢，激动不已，猛一头扎进马母怀里，"哇"的一声哭开了。

98・马小凯卧室　晨

马小凯刚醒，莫雅莉就端着一碗热气腾腾的荷包蛋，一声不吭地立在马小凯身边，像个要赎罪的婢奴。

马小凯脸上，流露出难以名状的情色。

99・地方某工厂大门口　盛夏

大雨如注。透过密集的雨丝，可以看到手撑雨伞的路人。

莫雅莉冒雨跑到工厂大门口，却神经质地犯了踌躇。她几次凑近传达室，又畏惧地缩回脚。心乱之下，她只管躲在墙角里，一任大雨泼打身上那件粉红色的塑料雨衣。

小郭打着花伞，由厂门里匆匆走出。她见墙角里有个人，便关切地挨上去，问："同志，你找谁？"

莫雅莉抬起头，讷讷打听："哦，师傅，请问，马……马小凯在吗？"

小郭忙里失察，毫不在意，随口道："在，就在二号车间里。已经下班了，你跟门卫打个招呼，进去吧。"

莫雅莉赶紧从怀里拿出一件军绿雨衣，递给小郭，说："不，不啦。我就劳驾你一下，请你把这东西，交、交给他吧。"

小郭这才惊觉起来，讪讪叫："你是……莫雅莉？"

莫雅莉一怔，慌慌否认："不不，不是，我不是。"语住，她扭头就跑，消失在梦幻般的雨幕中。

100·地方某工厂车间里

马小凯脱下工作服，从工具箱里取出西装，规规矩矩地穿上了。

之后，他就望着窗外的大雨，发愁。

女徒弟小郭，袅袅走来，随手将军绿雨衣放在工具箱上，别有意味地吟了一声："雪中送炭，请——"

马小凯一愣，忙说："谢谢。我离家近，我不用。"

小郭扑哧一笑，赧赧咏叹："小马师傅，怕是你叫我这个傻妞吓晕了吧，连自己的雨衣都不认识啦？瞧哇，这衣襟背面还堂堂正正写有你的大号呢！"

转身蹽出两步，小郭忽又回过头来，大声补白："甭误会！这雨具，是莫雅莉冒着瓢泼大雨，给你送来的。"

马小凯失语，表情沉重。

101·马小凯卧室

窗外，蝉歌阵阵，绿叶摇曳。

莫雅莉拿来一件带有竹针尚未织完的毛线衣，递给马小凯，嗫嚅着："你试试，看合身不？"

马小凯颜面尴尬，笨拙地套上了新毛衣。

莫雅莉小心翼翼，先为马小凯拽拽袖口，再替马小凯拉拉下襟，小声吭："还行。等我锁完底边，就算织好了。留给你上秋时候穿，暖和。"

在莫雅莉的帮助下，马小凯脱下带竹针的毛衣，笑笑说："谢谢你啦。"

莫雅莉忸怩地眨眨眼，便又坐到小板凳上，操起竹针仔仔细细编织那件尚未织完的毛衣去了。

102·地方医院

马小凯带着莫雅莉，在大医院里瞧医生，就诊。

诊毕，马小凯和莫雅莉共同向女大夫鞠了躬，然后双双走出医院大门。

看看天色尚早，马小凯对莫雅莉说："刚九点，天还不算热，咱们俩到泰山上散散步吧。"

莫雅莉脸一红，温顺地点点头："好吧。"

当即，莫雅莉跟在马小凯身后，讪讪举步了。二人中间，始终留有一定的距离。一种别样的意境，深蕴其中。

103・泰山王母池

莫雅莉跟随马小凯，蹀蹀走进了王母池。

王母池园内，树影婆娑。

二人并肩，站在当院的石桥上，赏景。桥下池水中，双双映印出他们俩青春靓丽的倒影。

104・泰山经石峪

马小凯伫立石坪，悉心端详一千多个殷红色的大字。端详着端详着，他干脆捧起流经石坪的山水，酣畅淋漓地洗了把脸。

莫雅莉静候一旁，定定凝视着马小凯，掩口暗嘻。

神不知鬼不觉，混世魔王袁和平竟然突兀出现了。他一转眼，看见马、莫二人，登时"精神失常"，狼嚎似的喊："哈哈！缘分哪缘分哪，我们又见面啦！"随说，他就耀武扬威摩拳擦掌，径直扑向马小凯。

莫雅莉见势不妙，立马飞身护住了马小凯。她威风凛凛地挡在马小凯胸前，横眉冷对袁和平，嚼牙怒喝："你要干什么?!"

袁和平嬉皮笑脸，丑态百出，信口雌黄："干什么？我还能干什么？来和二位聚一聚呗。今天，咱仨能在全世界绝无仅有的经石峪上相遇，说明我们之间还真他妈的有点三角缘分哩。"

莫雅莉不再搭腔，索性抡起手板，狠狠打了袁和平一个耳光。

袁和平挨了揍，非但不躲不避，反倒恬不知耻地嚷："哎哟我的娘噢，一夜夫妻百日恩，你怎么还能动手打人呢？"

莫雅莉心碎肝裂，恶念陡起，她一把抄起脚前的石块，用力砸向袁和平的脑袋。只听"噗"的一声闷响，袁和平的侧脑就被砸出了一个洞，鲜血横流。

混世魔王自知凶多吉少，狼狈地逃了。

105·泰山黑龙潭

俞洁女儿圆圆的小脸，出现在一群孩童中间。孩子们聚在潭边浅水里，打水仗。

莫雅莉望着浴水嬉戏的娃娃们，哀哀叹息了一声，对马小凯说："我真想跳进黑龙潭里洗一洗，把满身的污垢，全洗掉。"

马小凯怜悯心动，打眼角滚出一颗泪豆。

莫雅莉见马小凯落泪，自己也落了泪，万般悲痛地嗫："你把我从劳改队里保出来，让我治病，我感谢你。但是，我已经想好了，我要和你解除婚约，正式离婚。你是一个好男人，理应娶一位好妻子。今天的莫雅莉，彻头彻尾配不上你了。"

马小凯听完，心如刀割，突然烦躁地吼："你不要说啦——！"吼罢，他凄然转身，蹀向山下的柏树林。

莫雅莉深吸一口气，遂与马小凯分道扬镳，步趋黑龙潭。

莫雅莉刚刚走到潭边，就听一个女孩在喊："救人哪！救人哪！快救人啊——！"

镜头推近，映出圆圆的哭脸。正是俞洁的小女儿圆圆，在继续呐喊："快来人哪，救救我的同学啊！"

莫雅莉一惊，张眼巡视，真就发现有个小生命在水里挣扎。旋即，她扒掉连衣裙，一头拱进水里，游向溺水儿童。

莫雅莉托起溺水的女孩，吃力地游向浅水区。然而，由于她孱弱多病，体能匮乏，三扒两蹬就游不动了。水面上，一大一小两个人，都在下沉。

少不得，圆圆喊得更凶了，更响了："救人哪！有人落水啦，快救人哪——！"

潜入柏树林平复心绪的马小凯听到呼喊，认定附近发生了不幸，遂就急急蹽开大步，飞也似的冲向发出呼救声的黑龙潭。

莫雅莉经过一番拼搏，终于游回岸边，将溺水女孩举上岸沿。而她自己，却抓不住岸物，缓缓滑入水中。

马小凯疾速赶到岸坎，看到这一险情，大叫一声"我来啦"，便纵身跳进深潭，托起了莫雅莉。

回到岸台上，马小凯紧紧抱住莫雅莉，痛切地放声大哭起来。

106·马小凯家

莫雅莉通体无力,软软躺在马母的大床上,安然歇憩。

她微合双目,鼻息细弱,一口一口喝着马母喂给她的饮食。

马小凯端来一盅药,也精心操控着一只小勺,将药液轻轻喂入莫雅莉嘴里。偶觉药味苦涩,莫雅莉才眉心一动,眨了眨眼睛。

莫父莫母带领两个小女儿,推门进来了。两位老人家,艮艮迟迟,迟迟艮艮,终于踟蹰着两脚,挪到了莫雅莉床前。

莫父,总算近年来第一次用父亲的目光瞄定了大女儿,俯下身来说:"小莉,过去一些事,是爸爸错了,爸爸对不住你。"言罢,他老泪纵横。

莫雅莉默默伸出手,替爸爸揩净了泪水。

这时,街邻们也纷纷涌进屋。大伙众口一词,不大好意思地拉呱着:"俺们哪,来看看雅莉。电视台都播了,说雅莉见义勇为,不顾个人安危从黑龙潭里救出一个落水小孩,积下大德啦。咱们的雅莉,好样的!"

莫雅莉想哭,却没哭,漾出满脸苦涩的微笑。

107·女监大院

女监大院里,倚墙挂有巨幅会标——"劳动改造积极分子莫雅莉表彰大会"。

大会主席台上,坐有支队长、支队管教科金科长、人民法院法官、人民检察院检察官等要员。

俞大队长和王翠萍，陪伴着莫雅莉，落座于专门安排在主席台下最前排的三把木椅子上。

莫雅莉着一身蓝花连衣裙，仪态端庄，和颜悦色。

主席台前的操场上，整整齐齐坐满女犯人。

热场的进行曲，慢慢终止。支队长健步走向麦克风，大声宣布："根据莫雅莉优秀的日常改造表现和保外就医期间舍己救人的英勇事迹，经人民法院裁定，对莫雅莉予以假释！让我们大家以最热烈的掌声，向莫雅莉表示祝贺！"

女犯们齐刷刷高举双手，用力鼓掌。

在雷鸣般的掌声中，莫雅莉腼腆地登上主席台，从金科长手里接过假释裁定书。

莫雅莉手捧裁定书，朝就座于主席台的人员，深深鞠躬。

而后，莫雅莉转身跑到台下，向俞大队长和王翠萍警官，深深鞠躬。

108·女监大院门口

俞大队长和王翠萍，带领女犯们，在女监大院门口，夹道欢送莫雅莉。

杨桂兰举起胳膊，领呼口号："欢送莫雅莉出监！"

众女犯随呼："欢送莫雅莉出监！"

杨桂兰领呼："感谢教育感化挽救的好政策！"

众女犯随呼："感谢教育感化挽救的好政策！"

突兀间，一阵急剧的警笛声，打断了女犯们的呼喊。但见，一辆装满铁栏杆的囚车，在女监门前通往男监的路口上，戛然刹住。

被戴上手铐的袁和平，形影丑陋，跟跟跄跄跌下囚车。他圆睁愣眼，好奇地望了望女犯们，便由武警战士押解着，蹒蹒跚跚朝邻门的男牢房走去了。

瞭住袁和平的背影，莫雅莉咬咬牙，长长地舒了一口大气。

杨桂兰接着领呼："向莫雅莉学习！"

众女犯接着随呼："向莫雅莉学习！"

杨桂兰继续领呼："向莫雅莉致敬！"

众女犯继续随呼："向莫雅莉致敬！"

就在一片响亮的呼声里，莫雅莉亲亲热热挽住前来迎接她的马小凯，款款举步，走出了欢送的人墙。

忽然，有人高嗓哭叫："莫雅莉，莫雅莉，等等！"

莫雅莉回头瞅瞅，竟是樊梅向她跑来了。

樊梅牢牢握紧莫雅莉的手，潸然低泣："雅莉，以前我太混，太不是个东西。明里暗里，我老欺负你，对不起啦，实实在在对不起啦！你宰相肚里能撑船，自管扬帆远航去吧。甭再记恨我啦，好吗？"

莫雅莉一笑，嘻嘻着："放心吧，老冤家，我不会记恨你的。遵守监规监纪，好好改造，你也争取减点刑呀。"

樊梅点着头，讷讷答："唉，唉唉，我记住你的吉言，一定争取好好改造，多少也他娘的减点刑呀。"一歇，她又添了呱，诡兮兮地咧，"还有件事，我要告诉你。那个满肚子坏水、总爱挑弄咱俩打架的老女犯，没啦！就在前天夜里，她突发心肌梗死，死啦，完蛋啦。哈哈，哈哈哈！"

莫雅莉不屑地瞄瞄她，嗔怪道："不能笑呀，樊梅。对这种事，我们不该笑的。"

樊梅顿觉失误，羞臊地吐吐大舌头。

莫雅莉没再搭话，只朝樊梅挥挥手，便紧随马小凯快步离去了。

俞大队长和王翠萍，满怀常人难以理解的情愫，一直将莫雅莉送到男监女监总大门的大门口。一种别样的送别场景，别有一份难言的情味……

109·东岳劳改支队大门外

俞大队长、王翠萍二女警，带着莫雅莉、马小凯夫妇，兴冲冲地走出监狱大门。

俞洁的小女儿圆圆，陪伴着她的小同学，早已等候在狱门外面了。

见妈妈带人走来，圆圆立马迎上前，依据判断却也犹疑地指指莫雅莉，问："妈，这位就是……莫雅莉阿姨吧？"

俞洁抚摸着女儿的羊角辫，笑着答："是的，她就是你的莫阿姨。"

圆圆于是拉上小同学，一同扑向莫雅莉。二娃以标准姿势，敬过少先队的队礼，齐声叫："谢谢莫阿姨！"

看到莫雅莉在发愣，俞洁便扬臂揽过两个小女孩，解释道："这个高点的丫头，是我的女儿。这个矮点的丫头，是我女儿的小同学香月。那天，你从黑龙潭里救出来的，正是这个小香月。"

香月遂抱住莫雅莉的胳膊，抖着嫩嗓吭："谢谢莫阿姨救了我，谢谢你给了我第二次生命。"

莫雅莉一扫拘谨，露出灿烂的笑容，爽亮亮地说："不谢不谢，不谢！这种事，是阿姨应该做的。"说着，她捧住香月的小脸蛋，"叭叭"亲了两口。

之后，莫雅莉就定定地站在支队大门口，一动不动了。她浮想联翩，不肯离地儿。

马小凯笑眯眯地扯了一下莫雅莉的手腕，送出了某种启示。可莫雅莉还是无动于衷，不肯离地儿。

默思良久，莫雅莉才不无忸怩地看看俞洁，再看看王翠萍，喃喃问："俞大队长王管教，你们俩，能亲自带我爬趟泰山吗？"

俞洁与王翠萍对了下眼色，互一颔首，即响亮亮地答："能！能啊！咱们这就出发，爬泰山！"

"唉——"莫雅莉喜上眉梢，两颊顿时绽出了花。

110·泰山　晴空万里

音乐声中，映现出雄伟壮丽的泰山。

镜头慢移，山影渐近，推出古老的石坊，推出石坊上面的横匾大字——"天阶"。（特写）

"天阶"二字，庄严，浑实，苍劲，引人遐想。

俞洁大队长、莫雅莉、马小凯、王翠萍，举目端详"天阶"石匾，细细咀嚼"天阶"的含义，面影凝重。

默读良久，咀嚼良久，回味良久，四人才欣然起步，穿过"万仙楼"山门，向泰山主峰挺进。

推显"渐入佳境"石刻，叠印出莫雅莉欢笑的脸。

马小凯追上莫雅莉，二人携手相随，跑上"壶天阁"。

莫雅莉和马小凯比翼双飞，轻轻盈盈登上了"中天门"。

莫雅莉心神大振，向落在后面的俞洁和王翠萍，挥手呼喊："大队长，王警官，加油，加油啊！"

俞洁揩汗，笑口回应："唉！咱们一块加油吧。"

镜头闪换，映出"步云桥"。莫雅莉牵着马小凯，乐颠颠蹀至桥下，看瀑布。委实是兴高采烈，莫雅莉双手戏水，扬了马小凯一身水花。

镜头转移，出现"望人松"。莫雅莉与马小凯指指点点，谈笑风生。

在"朝阳洞口"，出现友人邂逅奇景。也正在挥汗登山的徐小娥，忽然从人群里发现了管教过自己的女警官。她于是拽上丈夫，边跑边嚷，快步来到俞大队长和王翠萍身旁，霍霍大喘着停下了。

俞洁吃惊不小，紧紧握住徐小娥的手，急问："天哪，你怎么会在这里呀？"

徐小娥的丈夫越俎代庖，抢先开口，替老婆答话："俞大队长，报告您一个好消息。小娥被俺们镇上的织袜厂选为厂长啦！她高票当选，特别高兴，趁今天休息，就拖上俺来爬泰山，也算私下里庆贺庆贺吧。"

俞洁再次握住徐小娥的手，使劲摇动着，乐不可支地夸："哎哟，我的小娥，你可真是了不起噢，都当上厂长啦，进步大啦！祝贺你呀，祝贺，衷心祝贺啊！"

徐小娥骤然涨红了脸，讷讷道："大队长，俺出监那天，您就鼓励俺，要俺多爬几趟泰山，来修炼自己的人格。今天，俺能碰巧遇上您，和您一起爬泰山，真是太荣幸了。"

莫雅莉触景情动，就也下意识地凑近徐小娥，漾出羡慕的目光："大姐大姐，我也向你表示祝贺。我能跟你相伴，一块爬爬泰山，也很荣幸呀！"

徐小娥受宠心慌，竟一时语塞，不知该对眼前的陌生人说什么好了。

而马小凯，自管与徐小娥的丈夫互赠笑脸，礼貌交谈。

王翠萍目睹眼前发生的一切，感慨万分，便喜滋滋地吆喝了一声："好啦，大家边爬边聊吧，抓紧时间登顶啊！"

当即，众人一同举步，攀登高峰。

镜头推出"对松亭"，画面上映出高崖险径。俞大队长和王警官一马当先，带头挈入陡崖下的山口，开始苦攀天阶似的十八盘。

莫雅莉挽住马小凯，徐小娥拉着她的丈夫，四人紧随俞、王二警官的脚步，也踏上了十八盘。

六个人身后，跟来一群游客。游客们南腔北调，咿里哇啦，煞是欣兴。

天阶十八盘上，陡径步步抬升。勇攀者不无生动不无欢活的群影，绵绵延延，络绎不绝，摆成了浩浩荡荡的长蛇阵。

俞大队长和王翠萍捷足先登，率先攀完十八盘，跃进南天门。二位立在"摩空阁"上，向后来人频频招手。

后面的莫雅莉、马小凯与徐小娥夫妇，艰难跟进，也登上了十八盘

天阶

天阶最后一个台阶，奋力拱进了南天门。

六个人款款走过平坦的天街，逍逍遥遥，进入了"碧霞祠"。

莫雅莉仰视着碧霞元君的神像，翘起嘴唇，扮了个好看的怪脸。她似乎想说，能够改善人们生存命运的主，不是神仙，而是众生自己噢。

六个人一鼓作气，擦过"唐摩崖碑"，终于登上了泰山极顶——玉皇顶。莫雅莉偎住马小凯的胸脯，豪兴蓬勃，热泪滚滚。（特写）

徐小娥简直乐疯了，端的欢呼雀跃，连连发出两声放浪的长呼："噢！哎——！"

马小凯情不自禁，竟挺直魁梧的身子，干脆把莫雅莉高高地抱了起来。莫雅莉就坐在丈夫的肩膀上，亮起喉咙，开怀大喊："啊——！啊——！我也登上泰山啦！我莫雅莉，也登上泰山啦——！"喊罢，她便咯咯咯畅笑起来了。

大队长俞洁，管教员王翠萍，并肩挺立于泰山极顶，大放异彩。二位警官居高临下，鸟瞰岱麓，俯望四野，满脸浮现出胜利者的微笑。那芬芳的笑容里，依稀藏有诗圣的名句——会当凌绝顶，一览众山小。

主题歌又起：

  我睡过悠悠的摇篮，

  我荡过翩翩的秋千，

  我蹚过弯弯的小河，

  我爬过葱葱的大山；

  脚下这条通向云霄的天阶，

才是人生的内涵。

一阶一阶，

有苦有甜；

一阶一阶，

有情有恋；

脚下这条通向云霄的天阶，

才是人生的内涵。

歌声中，摇出泰山南坡北坡的岩崖、沟壑、丛林，摇出泰山南麓的庙宇、亭台、楼阁，摇出泰山周边的丘陵、河流、村寨。地景辽阔，人烟浩茫……

——剧终——

1986年2月下旬　定稿于泰安

注：本剧于1986年夏，由长春电影制片厂开机录制。

主题歌《天阶》，由著名女中音歌唱家关牧村演唱。

大墙里的春天

主要人物

- **李指导员** …… 南岛劳改支队管教指导员
- **石大为** …… 青年犯人
- **马　坤** …… 石大为的未婚妻
- **石　母** …… 石大为的母亲
- **支队长** …… 南岛劳改支队支队长
- **分队长** …… 南岛劳改支队管教分队长
- **赖蛐蛐** …… 青年犯人
- **琴　琴** …… 女青年歌唱演员
- **方大叔** …… 某厂工会主席

1·南岛劳改支队大墙外

森严的紫红色围墙。

围墙上寒光闪闪的电网。

高耸的岗楼。

岗楼上武警战士警惕的目光。

2·南岛劳改支队大门口

银灰色的电动铁门,无声地开启了。

李指导员、马坤、石母和方大叔,带领身穿西服的石大为走出了铁门。

石大为向执勤的武警战士出示释放证,脸上露出庄重的神采。

定格。

定格画面上,推出剧名——大墙里的春天。

主题歌音乐起。音乐声中,摇出编剧、导演及主演字幕。

3·狱门外的大道

李指导员帮石大为提着行李卷儿。

方大叔替石大为拎着装有脸盆和牙具的网兜。

马坤一手牵着石大为,一手挽着石母,满面春风。

五个人步履款款,走向海边渡口。

4·海边渡口

分队长从交通艇上放下桥板,等待石大为一家人上船。

5·海边沙滩

石大为从马坤掌心里抽出手来,怀着异样的心情加快了脚步,径直向交通艇扑去。

月牙形的沙滩上,留下石大为深深的脚印。

6·交通艇

李指导员踏着桥板,将石大为一家人送上了交通艇。靠在船舷边,指导员紧紧捧住石大为的胳膊,眼里流露出深情的目光。

石大为低着头,嘴角抽搐了好一阵子,才激动地说:"指导员,我走了。"

李指导员点点头，笑道："真有点舍不得呀，舍不得让你离开我。可我不能留你，大墙外头才是你更好的天地。"

石大为也点了头，讷讷表示："请您放心，从今往后，我会一步一个脚印走好自己的路。"

李指导员重重拍了下石大为的肩膀，又笑了："好！我等待你的好消息。"音落，他慢慢走下桥板，站在水边的沙滩上，朝石大为摇了摇手。

石大为热泪盈眶，也朝李指导员摇了摇手。

7·海面

辽阔的海面上，一群鸥鸟在呱呱飞翔。

8·交通艇

交通艇，马达启动了。

马坤、石母和方大叔，频频朝海边挥手致意。

石大为伫立在甲板上，两行暴洪似的泪水夺眶而出了。

9·岸边

海潮上涨，浪花一排接一排地涌向沙滩。

李指导员站在涌上来的潮水里，目送远去的石大为。阵阵海风，撩动了他的衣襟。

10·交通艇

欢快的海浪跃上船舷，向石大为扬出一片细碎的水珠。

水珠画面中，出现了石大为沉思状的眼睛。（特写）

配合石大为的眼睛，响起了石大为的心声："别了，恩人。别了，关了我整整四年的大墙。大墙里，留下了我的罪过，留下了我的羞耻，留下了我的悔恨，留下了我的过去……"

11·西餐馆 （石大为沉入了回忆）

华丽考究的西餐馆里，石大为与几个小哥们围桌而聚，举杯豪饮。

酒至半酣，一个小哥们捅了捅石大为的腰眼，嘻嘻道："兄弟，不能总白吃呀，下回该你出血啦！"

石大为摸摸鼻子，难为情地吭："我……一个月，才这个数（伸出三根指头），没那么多票子哟。"

另一个小哥们便举起酒杯，挑逗式地睨住石大为，叫了号："没票子吗？好办。今晚，你随我走一趟就有票子啦！敢吗？"

石大为犹豫了一下，终于举起自己的酒杯，与对方的杯子碰响了。接着，他一仰脖，将杯中酒一饮而尽。

12·小院　夜

春夜的风，咿呀怪叫。

树影斑驳的小院里，有两个黑影在晃动。

女歌唱演员推着自行车走进家门，看见人影，发出大无畏的呼喝："谁？"

黑影闻声，霎时隐去。

女演员放下车子，瞪大眼睛，四下搜索。二黑影突然蹿出，撞倒女演员，夺路逃逸。

女演员爬起身来，奋力追喊："捉贼，捉贼呀！"

13·小巷　时间同上

飞奔着的四条腿。

追赶着的女演员。

追与逃，间距渐近。

二黑影慌不择路，急急钻进一条死胡同。

女演员穷追不舍，也冲进了死胡同。

见物主强势紧逼，一个黑影倏然止步，从衣兜里掏出石灰粉，凶狠地抛向了女演员。

"啊！"女演员一声惨叫，捂住眼，趔趄倒地。

二黑影落荒而逃，狼狈匿迹了。

14·看守所

石大为扶住窗口的铁栅栏，定定观望高墙外的石崖。

蓝天下，石崖悍然凸出了峥嵘。

石大为触景生惧，迟缓地闭上了双目。

画外音："传被告石大为！"

15·法庭

石大为站在被告席上，无力地垂下了脑袋。

石母、马坤和石大为被捕前所在单位的工会主席方大叔，立身旁听席，惶惶听取审判长宣判："经过法庭调查，本案事实清楚，证据确凿。石犯大为对所犯罪行，供认不讳。根据《中华人民共和国刑法》第一百五十条第一款，判处石大为有期徒刑五年。"

石母听罢，浑身瑟瑟痉挛，大脑"嗡"的一声出现了从未有过的眩晕。她只觉得被告席上的儿子在旋转，在扭曲，在变形。四肢一抖，她下意识地抓住了身旁的马坤，抓得死紧死紧。

审判长宣判完毕，一席旁听者缓缓坐下来，交头接耳，窃窃私语。

两位法警给石大为戴上冰冷的手铐，将石犯押出庄严的法庭。

石大为路经亲人身边的时候，故意把脸转向背人一侧，似乎决计要割断大家对他的记忆。

石母见儿子走到自己面前，神经质地张大了嘴。她剧烈地嚅动着嘴唇，仿佛极想说点什么，却最终没有发出一丝声息，生生把话头咽进肚子里了。

马坤锁口无语，自管稳稳地扶住了石母。可有两串咸涩的泪豆，还是从她的秀脸上滚落下来了。

16·法庭门外

石母、马坤和工会主席方大叔，尾在法警身后，匆匆走到法庭门外。僵立在台阶下，他们凝望着被押向囚车的石大为，心里翻江倒海，难以平静。

石大为爬进囚车，却又忽然拱出头来，朝母亲和马坤瞥了一眼。在亲人看来，石大为那束冷冷的目光，简直就是穿心的箭。

石母神魂崩溃，失控地扑向囚车。方大叔猛抢一步，一把将石母拉住了。

哄弄着扳转石母的身子，方大叔痛切地叹息道："嫂子，身为大为父亲的老战友，我也没有尽到应尽的责任，没有帮你管好这个孩子。被大为伤害的，恰恰是我的亲侄女，这也叫报应啊。"

石母完全听不进老方的话，自顾胡乱地摇晃着脑袋，呢喃着："两个人犯罪，咋就单单给大为一个人判刑啦？"

马坤哽咽着，说："同案犯跑了，失踪了，一时半会儿抓不着了。"

囚车拉响悚人的警笛，渐渐远去。

石母直视远去的囚车，久久呆立。忽然，她哀哀地发出了苍老的呼唤："儿子啊，我的儿子——"

17·南岛劳改支队　监舍里

石大为靠在铁窗前，绝望地觑住了插有一束月季花的玻璃瓶。

石大为的心音："完了，完了，一切都完了。妈，你就权当没生我这个儿子吧！"

18·监舍走廊

李指导员和支队长踏进长长的楼廊，边走边谈。

支队长："听说你们中队那个新入监的犯人，情绪很不稳定？"

李指导员："是的。我把他留在屋子里，没让他出工。"

支队长："青年犯人的情绪，往往都是液态的，你要特别注意他呀。"

这时，突然从石犯住的监舍里，传出摔碎玻璃瓶的声响。

李指导员一怔，立马蹽开大步，朝响声跑去了。

19·监舍里

月季花瓣与玻璃碎片，散落一地。

石大为听见门外传来急促的脚步声，便立马闭上眼睛，开始用碎玻璃切割手腕上的血管。

"砰！"李指导员破门而入，一把掐住了石大为的腕子。

石大为暴怒的目光。（特写）

李指导员威严的目光。（特写）

石大为狠狠甩开指导员的手，继续割腕。李指导员飞起一脚，踢落石犯手里的玻璃片，死死将他按倒在铺沿上。

石大为惊愕的目光。（特写）

随后赶来的支队长，霍霍扑进了监舍。

李指导员征询地瞅着自己的老领导，急问："咋处理？"

支队长果断下令："关他小号！"

20·小号

铁门。

由铁门的缝隙，射进一缕强烈的阳光。

龟缩在小号一角的石大为，两眼盯住了门口的铁碗——一碗菜汤，一碗窝窝头。

慢慢地，石大为眼睛里的菜汤和窝窝头，发生幻化，变成了比萨、牛排、火腿、沙拉及啤酒。

镜头回返，石大为觑定现实中的菜汤和窝窝头，漾出一脸自嘲的阴笑。倏地，石犯蹿跃而起，连连踹翻两个铁碗，然后弓下身子，猛一头撞上了墙壁。一股殷红殷红的血，从他的鬓角上汩汩淌下来了。

21·走廊

李指导员端着一只塑料碗，朝小号紧走。

碗里，盛满水，热气氤氲。（特写）

22·小号

为石犯送饮水的李指导员，贴近铁栅，朝小号里扫了一眼，失声大叫："呀！"

旋即，他掏出钥匙打开门，背起昏厥的石大为，匆匆跑出了小号。

23·犯人病房

昏迷中的石大为，蜷曲在洁白的病床上。他抿抿干裂的嘴唇，无力地低呓着："不该救我……不该救我呀……我……我的生命……完全失去了价值……我不过是人间的……灰尘……"

守护在病床旁边的李指导员，从衣兜里掏出手帕，轻轻擦掉了石大为额角上的血污。

石大为渐渐苏醒，睁开了无神的双眼。

李指导员审视着石大为的面孔，讷讷着："你终于醒啦。"

石大为睨了睨指导员，又紧紧地闭上了眼睛。

李指导员见石大为嘴唇枯干，便站起身子，从床头柜上拿来果子露，妥妥兑出了一杯水。之后，他就坐在病床边，一勺一勺舀起甜液，喂到石大为嘴里。

石大为蠕动的喉头。

石大为痉挛的嘴角。

一颗泪珠，从石大为紧锁的眼窝里，慢慢滚了出来。

李指导员再次掏出手帕，为石大为揩净脸上的泪。

石大为兀自睁开眼，将一束感激的目光投向指导员，不解地问："你为什么……这样温和地对待我——一个罪犯？"

李指导员微微一笑，答："罪犯也是人。"

石大为摇了摇头，吭："可我……是个已经死去的人了。"

李指导员循循善诱，说："死，并不是悔罪的表现。你应该让死去的良知复活，接受改造，使自己变成一个新人。"

石大为不耐烦地背过脸去，叹了口气。

李指导员替石大为平了平枕头，严肃劝述："解放初，有个贪污军工专款的重刑犯，被依法判处了死刑，缓期两年执行。面对威严的判决书，该犯首先想到的，不是死，而是生，是新生！他发誓要在缓刑期间内，把自己全部的才智奉献给人民，戴罪立功。后来，经过刻苦努力，他终于将电子轰击炉研制成功，为国家填补了一项科技空白。像他那样的重刑犯，都未曾放弃重新做人的愿望，难道你石大为就没有争取新生的勇气吗？"

石大为听罢，神色惊异。

又过了一会儿，石大为揭开被子，缓缓坐了起来。

24·狱内车间

弧光闪闪，锤声铿锵。锻件在汽锤下变形，迸出耀眼的火花。

石大为全神贯注地焊接钢板，额头上汗珠如豆。

机械噪声中，李指导员出现在车间门口。他朝石大为望了一眼，脸上涌出欣慰的颜色。

25·洗衣池

水龙头下，石大为拙笨地搓洗衬衫。

一个被管教干警和犯人们戏称为蛐蛐的赖姓囚徒，哼着放浪的小调，姗姗走来："花前月下，悄悄情话。好一个小娇娃，啃痒了俺的嘴巴。"

石大为闻声抬头，看见了赖犯。可他只是慌慌一闪眼仁，便重新埋下脑袋，不再理睬陌生人。

赖犯凑近石大为，厚颜搭讪："兄弟，认识认识吧。我，天下第一赖，赖喊赖叫，赖嚷赖吵，绰号赖蛐蛐，铁杆闹监犯！嘿嘿！据说你们李指导员治人有方，政府刚刚抛下令箭，把老子从三中队拉过来了，就地洗脑筋。哼！妈的，洗吧，任他洗去吧！"赖蛐蛐说着，随手摸出一支烟，递给石大为。

石大为犹豫着，没接。

赖蛐蛐独自点燃烟棒，叼进嘴里，悠悠吐出一串烟花。玩罢了，他夺过石大为的衣物，上手就洗："兄弟！哦，错了错了。咱们之间相互称呼，应该叫同犯。"他诡黠地眨眨眼，接着呱，"我说小同犯呀，咱俩交个朋友吧。甭看你洗脑筋洗得挺利索，可你洗衣服，就肯定不如我喽。"

石大为伸出两手，使劲抓住了白小褂，一心要自己洗。赖蛐蛐则用力推开石大为，揶揄道："咋的？你是不是想当劳模呀？不过，在咱们老犯儿中间，只有劳动改造模范，可没有工厂里披红挂绿的劳动生产模范哪。你可听好了，老赖我就明说了——我说你呀，你呀你呀，你再怎么挠扯，也挠扯不掉背在你自己身上的那个犯字啊！嘻嘻——"说着，他把自己嘴里已经吸掉了半截的香烟抽出来，递给了石大为。

石大为五迷三道，痴痴接过烟棒，鬼使神差地吸了一口。

26·监舍里　夜

夜幕下的监舍里，犯人们合围而坐，看电视。铁拐李驱邪除恶的招数，逗出犯人们阵阵笑声。

赖蛐蛐和石大为却浑水摸鱼，双双躲在上层铺的角落里品尝鱼罐头。

27·车间锅炉房

赖蛐蛐教石大为打猴拳。

赖蛐蛐"猴眼"飞转，做出一个双拳前冲的动作。

石大为模仿赖蛐蛐，也"猴眼"飞转，紧跟着做出一个双拳前冲的动作。

赖蛐蛐认真纠正石大为的姿势，训导道："不对不对，这样，这样，要这个样子。"

石大为即认真改错，将双拳前冲的动作重复了一遍。

赖蛐蛐发现石大为的姿势仍然不得要领，干脆一勾手挠痒了石大为的腋窝，寻乐。

石大为忍不住痒，嘎嘎嘎大笑起来了。

赖蛐蛐心满意足，遂也高分贝地狂笑起来了。

28·狱内车间

赖蛐蛐在车间里摇摇晃晃，阴阳怪气地唱："八级大风吹不倒，九个雷霆也难轰……"由于一知半解，他把自己唯一熟悉的几句郭建光的唱词，也唱得支离破碎。

一个中年犯人看不惯赖蛐蛐的熊样子，便气愤地将他拽到汽锤旁边，喝唬道："休当白吃饱！国家没那么多闲钱来养活你。你要自食其力，你要干活，懂吗？快干活吧！"

赖蛐蛐斜眼瞟瞟中年犯，酸溜溜地哼："干活？干啥活？你哪辈子听说过住敬老院的人还要干活？"

中年犯呸地吐出一口痰，严词反驳："这儿是敬老院吗？"

赖蛐蛐一脸坏笑，嘻嘻道："这儿不是敬老院，你这老头子干吗要进来呀？八十年代的监狱，就是敬老院！这是最最权威的法律解释！拜拜——"他说着一摆手，扬长而去。

中年犯抢上一步，死死拖住了赖蛐蛐，愤怒地叫："走！见队长去！"

赖蛐蛐气急败坏，飞起一脚踹向中年犯，狂骂："见队长？见你娘个圈圈！"

中年犯怒不可遏，索性同赖蛐蛐对打起来了。

石大为见赖犯闹出了麻烦，就扔掉手里的电焊把子，帮新结识的狗朋友赖蛐蛐打架。

俄顷，分队长跟随一个报信的犯人赶来，厉声大喝："住手！都住手！"随即，他拿出手铐，将石大为和赖蛐蛐铐在一起了。

29·严管队

严管队里，气氛肃重。

石大为和赖蛐蛐戴着脚镣，坐在各自的小凳上，默默反省。

李指导员面对二犯，一边踱步，一边训斥："过去，你们是文盲加法盲，才走上犯罪的道路。这个惨痛的教训，你俩理应记取，并引以为戒！可是现在，你俩非但没有记取违法的教训，竟然还在跟法律开玩笑，耍性子。这里正好用上了一句流行嗑，叫作脑子有病，脑子进水了。要知道，你们脚下，既不是幼儿园，也不是敬老院，而是一座社会主义国家的监狱。想在社会主义国家的监狱里拉帮、立棍、反改造，那是痴心妄想。我们新中国的劳改事业，走过了一段极不平凡的历程。我们成功地改造了末代皇帝溥仪，成功地改造了日本战犯和国民党战犯，把大批刑事犯罪分子改塑成社会主义新人。没有哪个罪犯能够成为一块砸不烂的反改造的臭石头！可笑的是，你们二人却自命不凡，想跳出来试试我们这些特种雕塑师的手艺，难道我们就动不了重锤吗？难道我们就下不了狠刀吗？我郑重地告诉你们，眼下摆在你俩面前的只有两条路——认罪伏法，接受改造，前途光明；否则，从另一条邪路滑下去，就只能撞得头破血流！"

石大为畏惧地看了指导员一眼，将脑袋垂下了。

赖蛐蛐也神经质地伸了伸腿，弄得铁脚镣发出一阵哗啷哗啷的碎响。那响声，仿佛一只被捕获的猛兽在呻吟。

此刻，分队长急急走过来，与李指导员悄悄耳语。指导员重重地瞪了赖犯一眼，转身离去了。

30·支队长办公室

支队长坐在沙发上，一支接一支地吸烟，似有满腹心事。

见李指导员推门进来，支队长随手从茶几上抓起一封信，郁郁递了过去，叹息道："石犯未婚妻寄来的信，你看看。"

李指导员接过信，默默读完，若有所思地望着支队长。

支队长往烟灰缸里插下第四个烟蒂，徐徐站起来，踱到窗前，道出苦衷："石犯的母亲病倒了，被害人的眼睛也突然失明了。未婚妻马坤对石大为的罪行，产生了新的看法，认为石犯罪孽深重，难以饶恕。所以，她想跟石大为脱离关系。而石犯呢，巧了，偏偏蹲在严管队，这又给未婚妻的分手理由增添了一个砝码。老李，你看，这事咋整呀？"

李指导员不假思索，顺口答："我走一趟吧。"

支队长点点头，说："我叫你来，正是这个意思。你到了那座城市，要办好三件事。一、看看石大为的母亲；二、安慰一下受害者；三、取得厂领导协助，做做马坤的工作，以利于石犯的改造。"

李指导员欣然领命："唉。"

31·绿荫掩映的小院　下午

从敞开的窗口里，飘出悲怆的琴声。

双目失明的女演员，坐在钢琴前，忘情地弹击着琴键。

一辆吉普车，在小院外面刹住了，从车上走下李指导员和工会主席方大叔。

32·女演员家

李指导员和方大叔默立在女演员身旁，心里阵阵酸痛。

虽说有人进屋了，女演员却全然不觉，仍在忘情地弹奏名曲。她的眼角上，挂有悲愤的泪珠。她那顽强敲击琴键的双手，仿佛在与多舛的命运搏斗。

女演员弹完最后一个乐章，甩开秀臂狠狠扫了一下琴键，便木然僵定，不动了。

方大叔俯下身来，对侄女说："琴琴，南岛劳改队的李指导员看你来了。"

女演员一怔，惊吒："劳改队——？"

李指导员就也俯下身子，讪讪问："你弹奏的是贝多芬的《命运交响曲》吧？"

女演员喃喃答："是的，是贝多芬的《命运交响曲》，也是我的命运交响曲。"

李指导员一笑，借题发挥："贝多芬是个强者，敢于和命运抗争。我想，你年富力强、才华横溢，也肯定不是个弱者。"

女演员沉默，冷冷地沉默着，脸上浮满痛苦的云。

李指导员知趣地压低了声音，挺刻意地说："谈命运，确实是个庄严的话题。无产阶级前赴后继苦苦追求的目标，就是要让天下民众的命运发生巨变，变得幸福，变得美好。真想不到，那个给你带来命运不幸的人，却恰恰是个革命烈士的后代。"

工会主席方大叔扶住侄女的肩头，趁机咬住李指导员的话尾巴，感叹道："琴琴，大为那小子失去了人性，我也深感痛恨。你是受害者，伯伯完全理解你的心情。但是，我们作为乡邻乡亲，也有责任去挽救他一下呀！你，可不可以跟随伯伯去趟劳改队，看看大为呀？你去了，也许……"

未及方大叔音落，琴琴就毫不掩饰地下了逐客令："伯伯，你走吧，走吧，走吧。"语住，她再次怒不可遏地扫响了琴键。

33·石母家里

石母卧在床榻上，面容憔悴。

李指导员从提兜里拿出水果罐头，恭敬地递给了老人家。

老人家拉住李指导员的手，久久抖动着。

34·林荫小路　黄昏

夏风习习，蝉歌鼓噪。小路旁，花红柳绿。

由工会主席方大叔陪同着，李指导员和马坤沿着林荫路，走了一程又一程。

渐渐地，一轮圆月从东方升起了。

35·女演员琴琴家　夜深了

小院里，树影斑驳。

藕荷色的窗纱上，由灯光映出方大叔和他侄女——女演员琴琴的头影。

两个头影，一个是动态的，仿佛在劝说；一个是静态的，依稀在沉思。

36·山间公路　吉普车　清晨

一辆吉普车，在蜿蜒的山间公路上疾驰。

李指导员疲惫地仰靠在座椅上，闭目养神。

默默坐在后排座位上的马坤，忧心忡忡地瞄向窗外。她眼前，掠过一片片葱茏葳蕤的阔叶林。

37·客货混装摆渡船上

摆渡船拉响汽笛，悠悠航行，穿越峡湾。

吉普车，停在摆渡船的前甲板上。李指导员和马坤站在车门旁边，举目展望。掠过湛蓝的海面，视野里出现了绿色的海岛。

38·南岛劳改支队接见室

马坤衣着爽雅，形影清秀。她坐在接见室里，好奇地扫视四壁。

白墙上，涂有一幅醒目的标语——"相信政策努力改造前途光明，靠近政府脱胎换骨重新做人"。

面对这幅标语，马坤赧然醒悟，心事重重。

正当她探出脑袋朝门口张望的时候，分队长带着石大为走进了接见室。

石大为略一迟疑，便面朝马坤坐下了。四目相对，默默凝视。

沉默良久，石大为才讷讷问："我妈好吗？"

马坤埋下头，喃喃吭："大婶病了。"

石大为翕动着鼻翼，嗫嚅着："这……是我能够想象到的。"

马坤木着脸，没接话。

石大为艮了艮，接着嗫："我，对不起妈。"

马坤依然木着脸，没吭声。

石大为见马坤迟迟无语，顿感不悦，叹口气说："看得出，你现在很烦我。一定是有人做了你的工作，你才肯来看看我的。"

马坤忽听石大为蹦出这么一句饱含咸酸味的冷嗑，胸口一颤，气就登时不打一处来了。脑袋里原先那个想温温和和感化一下未婚夫的既定方针，一下子土崩瓦解消失殆尽了。她于是喷出哭腔，高声叫："石大为，你光对不起你妈吗？你就对得起我吗？！更叫我无法接受的是，你进了监狱还要当英雄，居然混成一个反改造的坏分子了。你你，你简直把我的脸丢尽啦！"

石大为一愣，侧眼瞟瞟站在一旁监听的分队长，便转过脸盯住马坤，悻悻问："我的事……指导员都跟你说了，对吧？"

马坤岂肯正面回言？她只顾使劲白了石大为一眼，再度斥责："你真叫我失望，太叫我失望了！说实在的，要不是看在李指导员苦口婆心劝导我的分上，我真是永远都不想再见到你了。"

石大为心凉血寒，眉头紧紧锁成了疙瘩，目光却刹那间变成了火焰。当即，他就怒指马坤，愤愤大喊："我明白了，我彻底明白你的心思了。你走，你走，你快快给我走开！"一顿，又吼，"我也永远都不想再见到你啦！"随说，他甩手朝桌面上一扫，尽将马坤带给他的瓜果扫落在地。

马坤哭了。

石大为气势汹汹，生生推了马坤一把，继续轰撵："你走！你走！你走啊！！"喊罢，他扭头冲出了房门。

39·大陆一侧的摆渡码头

李指导员骑着两轮摩托车，急忙冲下摆渡船的钢铁桥板，朝着不远处的火车站，全速飞奔。

40·火车站　月台上

汽笛嘶鸣，开往北京方向的列车进了站。

李指导员慌慌奔上月台，在准备登车的旅客中间穿来穿去。

列车已经开动了，李指导员还在透过窗玻璃朝车厢里探望，寻找马坤。

马坤坐在靠窗边的位置上，早已发现了李指导员的身影。

列车渐渐远去，李指导员的身影也渐渐远去。

马坤望着窗外，耳边又响起了李指导员的话音："马坤同志，你要正确看待石大为的罪行。同时，你也要正确对待你们俩之间的爱情。"

马坤难过地趴在茶几上，肩膀出现了轻微的抖颤。

41·狱内车间

石大为坐在车间的角落里，闷着头，抽烟。

李指导员风风火火走来，一把揪住了石大为，厉口开训："你，怎能那样野蛮地对待马坤，嗯?!"

石大为虎目凸裂，嘴角斜扭，疯狂吼叫："少他妈两头装好人！你把我的庙都拆了，还上的什么香？"

李指导员听过，气得脸色煞白。他无声地攥起拳头，并用那铁拳在石大为的脑门上晃了几晃，露出满面怒容。但是，那个愤怒的拳头，却终究没有落下来，反倒慢慢松开了。

蓦地，李指导员从另个犯人手里夺来一把十磅大锤，对准一块变了形的钢板狠狠地砸了下去！一下，两下，三下，四下……大铁锤暴起暴落，发出震耳欲聋的巨响：哐——哐——哐——哐——……

石大为畏惧地看着指导员，肢体颤瑟。

车间里，回荡着强烈的轰鸣声。

42·监舍里　夜

海岛夏夜，很凉。例行夜半查铺的李指导员，逐一为蹬被子的犯人搭上被角。

远离李指导员的铺位上，卧有石大为。但见石大为翻了个身，凸现出抽搐的面孔。

忽然飘来一团迷雾，笼罩了石大为，显然这个心绪波动的青年犯人坠入了梦乡。

梦境迷雾里，闪幻出马坤和石母。马坤流着眼泪，在向石母诉说着什么。

石母听过一会儿，痛楚地站起来，捂住胸口，摇摇晃晃踉跄了几步，猛一跟头摔倒在地板上了。

睡梦中的石大为，拼力挣扎，嗷嗷呼唤："妈！妈！妈——！"

李指导员闻声走来，将石大为推醒了。

43·教育室

李指导员觑住石大为，一觑再觑，觑至良久，才平平和和地说："这几天，你的情绪很不对头哇？"

石大为失礼地"噗"出一口脏痰，不无反感地哼："行啦行啦，别再给我念你那本改造经了。"他咻咻着喘了喘，直言道，"一句话，我想妈，你能放我回家看看吗？"

李指导员被石犯"将了一军"，脸上郁郁变了色。

44·支队长办公室

李指导员站在办公桌前，等待指令。

支队长"砰"的一声拍响了桌子，作出超常决定："行！押他回去！"

45・山间公路

蜿蜒的山间公路（这条路，已经同观众见过面）上，有一辆飞奔的警车。

46・医院病房

石母静静地躺在病床上，接受输液治疗。马坤捧着一钵淡盐水坐在床边，为石母浸泡菠萝肉。

冷不丁，房门开了。李指导员和分队长合力押解着石大为，缓缓走了进来。

马坤惊讶地望着石大为，如坠五里雾中。

石大为淡淡地瞥了马坤一眼，便将目光迅速转向微睡的母亲。他蹒蹒跚跚走到母亲身边，长时间俯视母亲那张既苍老又憔悴的脸。慢慢地，从他的眼眶里涌出了泪水。泪珠越来越大，一滴一滴打落在母亲的脸颊上。

石母微微睁开双眼，半信半疑地瞄住了面前的人影。

石母的眼睛，紧紧闭了一下，很快又睁开了。她愣愣审视着突然降临的儿子，仿佛在考证某一神话传说的真伪。

石大为百感交集，委实控制不住剧烈的心跳，遂猛一头扑到母亲胸前，"哇"的一声哭了："妈——"

石母伸出瑟瑟发抖的手，紧紧搂住儿子，哽咽道："妈，对不起你死去的爹，没把你管好。"

"妈，妈啊！"石大为一边啼哭，一边死死攥住病床上的栏杆。不知不觉间，他已将铁栏杆拽弯了。

良久良久，石母的手才从儿子身上移开了。她重重地叹了口气，悲泣着喊："天哪！我哪辈子造了孽，养下你这么个灾星！你知道吗？你害得那个年轻漂亮多才多艺的姑娘都没法正常生活了。她的两只眼全瞎了。"老太太语歇，突然拔掉输液针头，疯狂捶打自己的儿子。

石大为僵立不动，任由母亲打砸。

马坤则抓住石母的手，哭着嚷："婶啊，你别打大为啦，你打我吧，打我吧。都怪我，都怪我没有陪好大为，没有看住他呀！"

石母却使出平生力气，拨开马坤，继续责打自己的儿子。

屋里的气氛，极度紧张。众人纷纷围向石母，倾怀劝慰。

直到母亲累了，住手了，不再打他了，石大为才独自走到病房窗前，以缓解尴尬。

透过明净的窗玻璃，石大为呆呆眺望天边的云朵，一颗心又回到了美好的童年。

47·葡萄架下　夜　（镜头回到石大为的童年）

八岁的石大为，偎在母亲怀里，仰望夜空。

石大为：（好奇地）"妈，天上怎么有好多好多星星啊？"

石母：（慈爱地）"天上有好多好多的星？哦，哦哦，因为呀，地上有好多好多的人嘛，所以天上就有好多好多的星星啦。天上的星，跟地上的人，一般多。"

石大为："我听不懂。妈，天上的星，跟地上的人，怎么会一般多呢？"

石母："这是因为呀，地上的人，每人头上都顶有一颗星星嘛。所以哟，天上的星，跟地上的人，就一般多啦。"

石大为："敢不是……地上的人，一个一个都长得不一样，所以天上的星，就有大有小有亮有不亮的吧？"

石母抚抚爱子的后脑勺，笑着夸："说对啦，你说得对呀！聪明，大为真聪明。好人啊，顶的星星又亮又大，不害羞，闪闪发光。那些坏蛋顶的星星呀，又暗又小，总是羞羞答答，一个劲地向人们眨眼睛。"

石大为：（天真地）"那么，我顶的是哪颗星星啊？"

石母：（举手指天）"你呀，喏，你顶的，就是那颗顶亮顶亮的星星呀！"

石大为："我顶的星，为啥那么好哇？"

石母："因为呀，你爸是一颗大星星啊。你是大星星的后代，所以你顶的星星，也是一颗大星星啊。"

石大为："为啥说我爸是一颗大星星啊？"

石母："因为呀，你爸牺牲在抗美援越的战场上，为国际主义和平事业立下了大功啊。所以说，你爸是一颗灿灿闪亮的大星星啊！"

石大为似懂非懂地应了声："哦——"随即，他又连连朝夜空比画着，寻找属于爸爸的星。

石母指准一颗亮星，嘻嘻叫："大为，看！那颗金光闪闪的大星星，就是你爸爸。"

石大为兴奋地笑了："爸爸是一颗大星星，我也是一颗大星星……"

48·医院病房 （现实中）

"臭小子，过来！"

石母一声喊，才使石大为回到现实中来。他下意识地晃了晃脑袋，缓缓走回母亲的病床边，站定了。

石母泪眼迷蒙，喃喃低语："我跟李指导员说好了，请指导员带你去趟琴琴家。大为，你去看看人家琴琴姑娘吧，去赎赎你自己的罪吧，也替妈赎赎罪吧。"

石大为"扑通"一下跪到母亲身前，暴嗓哭号："妈，儿子对不起你呀！"

49·琴琴家小院

"吱"的一声响，警车在小院门口刹住了。

分队长打开车门，李指导员带着石大为走下了警车。

李指导员登上台阶，顿了顿，小心地按响了门铃。

女演员琴琴听到铃声，摸摸索索走出内室，开了门："谁呀？"

"我呀。"李指导员礼貌回语，讷讷答，"我是南岛警察，姓李。"

琴琴略一迟疑，喃喃探询："哦，是打劳改队来的吧？"

李指导员眼花一亮，讪然回复："是的，我是打劳改队来的，我是劳改队的政治指导员。前些天，咱们见过面的。哦哦，今天，我把石大为带来了，石大为看你来了。"

怯怯躲在李指导员身后的石大为，透过微开的门缝，负疚地瞅着女演员那张失去明目的俏脸。

琴琴脸上，分明掠过了一抹阴云。

突然，琴琴厉声尖叫："不见！"语住，她"砰"的一声关上了房门。

石大为受到惊吓，趔趄后退，差点跌倒了。

50·医院病房

石大为站在病床前，失态地望着母亲。

石母呆默良久，苦苦哀叹："不见？"

51·马路上

身穿病号服的石母，由马坤搀扶着，在人群熙攘的马路上碎步蹀躞，急急奔走。

52·琴琴家

石母哽哽咽咽，对女演员说："琴琴，我给你赔罪来了。我也替我那个孽子大为，给你赔罪来了。"

琴琴背过身去，漠然置之。

石母见情，战战兢兢从女演员背后抓住她的手，发了誓："琴琴，只要大娘我还活着，我来伺候你。"

琴琴深受感动，突然转过身来，搂住了石母。两行泪水，从她那失明的双眼里汩汩涌流出来了："大娘，别说啦，什么都别说了。"

石母与琴琴，抱头痛哭。

53·支队长办公室

办公室里，烟雾缭绕。

支队长与李指导员，吞云吐雾，谈兴正浓。

支队长倏忽站起身，兴奋地说："老李，你提议搞个社会帮教大会，请受害者到劳改队来诉说自己的悲伤，启发犯人痛改前非，回归人性；这个点子，好哇，很好啊！我看，就由你来具体操办这件事情吧。"

受到支队长表扬，李指导员悦色满面，慷慨领命："好的。"

54·改造园地

监舍楼前几棵高大的老枫树，饱受霜泽，叶子红了。

设在枫树下的"改造园地"舞台，挂有一条醒目的横额——"教育挽救青年犯人社会帮教大会"。

支队长和工会主席方大叔，坐在横额下面的主席台上，频频扫视台下千余名身着囚服的犯人。

马坤和另外几名犯人家属，落座于台下最前排的位置，神情恍惚，一脸羞容。

就在一派沉重肃穆的氛围里，李指导员扶着女演员琴琴缓缓走进会场，走到了舞台正前方。

琴琴稍微整理了一下情绪，擦掉两颗晶莹的泪珠，便趔趄着迈向麦克风，从心窝里喊出一段激情澎湃的话："你们都看见了，我是个瞎子。可在不久以前，我不是瞎子，而是一名正常人，是一名富有理想的青年歌手。如今，作为歌唱演员，我却看不见自己的听众，看不见听众们为我鼓掌叫好的样子，这是何等巨大何等残酷的悲哀啊?！那么，给我造成这场悲剧的人，是谁呢？就是你们当中的一名罪犯。我恨！我恨！我恨死他了！恨的音符，在我心中卷起了滚滚狂涛。然而，这股仇恨的狂涛，又渐渐被一种社会责任感的激流取代了。所以在今天，我才肯带着一肚子青春被撕毁、事业被撕碎的悲痛，来到南岛，参加这次帮教会。我真心希望，希望那个伤害我的罪犯，能在党的劳改方针和劳改政策启迪下，早日复苏他那泯灭了的人性。我真心希望，希望他这棵枯萎的小树，能在人民政府的哺育栽培下，早日吐出崭新的绿叶。"

石大为坐在马坤身后，边听边流眼泪。

未及女演员琴琴赠语停歇，石大为便发疯似的冲到台口下面，对准琴琴"咚咚咚"磕了三个响头。罢了，他就趴在地上，失声地号啕起来了。

马坤那颗若明若暗的心，终于变得明朗了。她于是忘情地扑上去，抱住了石大为，放声大恸。显然此刻，她才最终下定了决心，要用自己那缕爱情的丝，结成温暖的茧，将石大为裹进甜蜜的港湾。

女演员琴琴，面朝台下的囚犯，放声高歌（主题歌《心愿》，邬大为词）：

  小树啊小树，
  虽然已在冰雪中干枯，
  春风啊春风，
  依旧送来甘甜的雨露。
  因为她呀怀着一个纯真的信念，
  小树啊小树，
  定能长成参天的大树。

  小树啊小树，
  虽然已在寒风中干枯，
  大地啊大地，

照样捧出肥沃的泥土。

因为她呀怀着一个美好的祝愿,

小树啊小树,

定能成为擎天的大柱。

歌声中出现下列画面:

大墙外,灯光下,一队执勤的武警战士,虎步巡逻。

监舍里,石大为挑灯苦读,专心致志。李指导员立身一侧,诲人不倦,给石大为答疑解惑。

车间里,天车抓住一捆钢板,隆隆碾过。石大为吹响哨子,指挥天车运行,脸上汗水如注。支队长走来,拍拍石大为的肩头,送上满面微笑。

教室里,石大为聚精会神,听犯人老师讲课。

教室窗外,大雪纷飞,寒冬到了。

一队犯人,由分队长带领着,在绿树夹掩的狱内马路上齐步行进。美丽的春天,又回来了。

电闪,雷鸣,雨猛。石大为急急慌慌,用雨布苫盖一堆电石。

乡间土路,黄尘滚滚。几辆大卡车拉着犯人,去农村参观。

"老犯"们下车后,在金色的麦田间走走停停,露出一脸别样的笑。

大卡车满载参观归来的犯人,徐徐驶进狱门。站在驾驶楼后面的石大为,精神焕发,笑容可掬。

狱内大院,又飘满了雪花。

雪花幻变，再次变成了鲜艳的月季花。

（以上无声镜头，喻示斗转星移，时光飞逝，过了一年又一年；石大为及众囚徒，在改造灵魂的道路上，日见进步，成效显著。）

55·车间值班室

电话铃声骤响，李指导员立马抓起听筒。

听筒里，音韵沙沙："喂，是老李吗？"

李指导员眼睑大开，随口答："哦，是我，支队长。"

听筒里，又传出了熟悉的沙沙音。李指导员略一点头，诺诺承应："好，好的，我马上到。"

56·办公楼走廊

李指导员迈着大步，朝挂有"支队长室"门牌的方向走去。

在"支队长室"门牌下，李指导员停下了。继而敲门，进屋。

57·支队长办公室

见李指导员进屋了，支队长马上起身让座，笑笑道："我叫你来，肯定是又有重担叫你挑了。"

老李也笑，嘿嘿嗫："说吧，我一定遵旨照办。"

支队长稍一顿，侃侃而谈："省劳改局，给我们这个海岛劳改队，派下一项非常艰巨的任务，要我们拿出一个中队，去拆解一条报废的大船。我和班子研究过了，就把这项重任交给你啦。行吗？"

李指导员不假思索，习惯性地回答："行，我保证完成任务。"

支队长在地心里踱了几步，重重噗出一口长气，严肃提醒："带那么多犯人，去临时海码头拆船，难于管理，风险极大。你要十分留神，严防犯人溜号，下水，出逃。"

李指导员点点头，胸有成竹地说："我明白。问题不大，我百倍提高警惕就是了。"

58·海岸

海岸上，百花烂漫。

由百花丛中望出去，只见一艘老旧的大船，停泊在傍近海边的深水区。

李指导员坐在头车副驾驶的位置上，带领三辆满载犯人的大卡车，径直驶向设有拱形栅门的拆船基地。

59·拆船基地　空坪

分队长以标准化的口令，整理好犯人队伍，然后挺身立正，给指导员敬了个礼。

李指导员姿容肃穆，向犯人训话："这里，是拆船场，是你们接受劳动改造的新场所。人民政府希望你们在全新的劳改场所里，好好劳动，努力改造，洗心革面，争取做一个有益于国家有益于社会的新人！"指导员话锋一扬，大声问，"怎么样？你们有没有在破拆旧船的过程中，为国家立功的决心？"

犯人们齐齐举拳："有！"

石大为意犹未尽，竟然再一次举起拳头，追喊了一声："有！"

60·拆船场 硕大的旧船上

分队长拉来石大为和赖蛐蛐，严肃吩咐："你们俩，结成一个协作小组，石大为做组长，赖蛐蛐做组员，一同进行拆船作业。"

石大为赖蛐蛐同声表示："是！"

分队长手指赖犯，又说："你，赖蛐蛐，要向石大为学习，好好劳动，好好改造。听明白了吗？"

赖蛐蛐一耸肩膀，答："听明白了。"

分队长微微一笑，高兴地叫："好，那就开始干活吧。"

当即，两个犯人乖乖地进入劳作状态了。

石大为手持氧炔吹管，切割下一块块碎钢板。赖蛐蛐挥汗忙活，将碎钢板规规矩矩码成一垛。

完成了一个切割项目，石大为即腰别焊枪，爬上大轮船的烟囱，开始空中作业。

分队长仰望石大为，吆喝道："慢点，注意安全！"

旧船上的吊臂，吊着被石大为拆解下来的钢铁零件，稳稳放到紧靠旧船船体的"水鼓"上面了。

石大为从烟囱上爬下来，拉着赖蛐蛐，登上小快艇。随即，他俩驾驶快艇离开深水区，冲向了海岸。

上了岸，石大为和赖蛐蛐接着抓住了牵引水鼓的大缆绳，合力猛拽。满载废钢材的大水鼓，遂由深水区缓缓启动，向岸边浅滩慢慢浮游过来了。

61·拆船基地　傍晚

石大为、赖蛐蛐一干犯人，精疲力竭地离开海岸，朝拱形栅门归来。

62·饭堂　天黑了

拆船犯人，准时就餐。

餐桌上，最显眼的菜，是鱼。

李指导员、分队长，与犯人一同吃饭。

李指导员吃下半个馒头，分别给石大为和赖蛐蛐夹来一条巴掌长的黄鱼，随口说："干重活，体力消耗太大，多吃点吧。"

石大为脸上，露出欣慰的神采。而赖蛐蛐，面影麻恍。

窗外，月上树梢。

63·拆船场　晨

东方，泛起鱼肚白。

晨曦里，映出岗楼、铁刺网。

慢慢地，海平线上钻出一轮喷薄的红日。（特写）

在分队长监督下，石大为身披霞光，吹响小铜哨，指挥犯人列队集合。

列队完毕，石大为朝同犯们瞄了瞄，便嚅动着嘴唇，不无腼腆地讲："政府选派我做值班员，我非常高兴。从此，我更要加强劳动改造。一方面，我要改造自己的旧思想。另一方面，我要带领大家好好干活。今天上午，我们的具体任务是破拆大船的舵楼。风大，海浪也大，大家走走停停，一定要多加小心哪。"

囚犯们听过石大为的讲话，显现出形形色色的表情。

石大为顿了顿，清点人头似的朝犯人队伍里指了指，大声叫："好啦好啦！上船啦，干活啦！"

随之，犯人们分批分次有秩序地登上小艇，向深水区的旧船驶去了。

64·旧船上

犯人们抱着氧炔吹管，十分巧妙地切割着，忙碌着，遂有若干金属材料，被源源不断地搬上了起运载作用的大水鼓。

突然，海上狂风大作，一排排翻花巨浪，猛烈撞击着大船，撞击着水鼓。

石大为见水鼓出现倾斜，脑门上立马增添了皱褶。他仔细一瞅，发现船下水鼓的缆绳已经打结，就大惊失色地呼吼了一声："不好！"音落，他急忙跄下大船，爬上小艇，冲向岸边。

石大为上了岸，快步朝拆船指挥部奔跑。

65·拆船指挥部

李指导员站在窗口，巡望海面上的开花大浪，面露难色。

陪在一旁的分队长，沉郁着说："变天啦，海上作业难度大了。指导员，我想，是否可以考虑停工啦？"

李指导员搓搓两掌，讷讷道："只是，上级为我们限定的工期，也太短了。等等看吧，如果风浪再升级了，我们就只能收工了。"

气喘吁吁跑来的石大为，愣闯入室："报告政府，水鼓缆绳打结，马上就有断裂的危险。一旦缆绳断了，水鼓会顺水漂走，那所造成的损失就太大了，我们拆船的进度也得大打折扣啦。我请求，请政府允许我和赖蛐蛐立即下水，排除险情。"

李指导员望浪兴叹，犹豫不决。

石大为见此情景，十分坚定地说出了可以下水排险的理由："赖蛐蛐水性好，我俩有把握有能力把缆绳结子打开。"

李指导员直视石大为，急问："风大浪高，你俩怎么能接近水鼓呢？"

石大为胸有成竹，说："请政府拨一艘性能好的快艇给我，我们驾驶快艇猛冲过去！"

李指导员赞许地点点头，果断做出决定："好，那就派一艘快艇给你。不过，你和赖蛐蛐务必要注意安全。"

石大为答："知道了。"

随即，李指导员转向分队长，大声发令："放一艘大马力快艇，给他们！"

分队长接令："是！"

66·海边

由分队长指挥着，石大为会同被紧急召唤来的赖蛐蛐，奋力将固定在沙滩上的白色大马力快艇起了锚，费劲地推进了浅水湾。

随即，石大为和赖蛐蛐一高蹦上快艇，迅速发动了马达。但见，白色大马力快艇像飞箭一样离开海岸，突突突突向大水鼓冲去了。

然而，风越来越大，浪也越来越高。白色快艇无法在疾风骇浪里直线前进，竟大幅度偏离了航向，从旧船侧面擦了过去，与水鼓的间距生生拉大了。

面对危机，石大为扳住舵盘，反复调整航向，始终没有成功。白色快艇只能沉浮于波峰波谷中，旋转徘徊。

一个巨浪打来，结果更糟，白色快艇陡然熄火了。

惊悸之下，石大为和赖蛐蛐几次发动马达，却均无成效。

后来，白色快艇完全失去自控能力，干脆就像一枚小树叶似的，被巨浪疯狂地卷进了茫茫大海。

摇摇晃晃的大船上，犯人们统统停下手里的活，盯住被巨浪卷走的白色快艇，放声惊呼："天哪！天哪！我的天哪……"

67·海滩上

李指导员和分队长站在岸边，望着大海，望着白色快艇渐渐远去的影子，一筹莫展。

稍一停，李指导员对分队长说："你守在这里，继续观察情况变化，我去报告支队领导，请求指示。"

分队长惶惶答："是。"

李指导员交代过了，反身跑回指挥部。

68·拆船指挥部

李指导员冲进屋，一步跄到电话机前，拨动了号盘。

69·支队长办公室

支队长口对话筒，语气严厉："天气不好，海况复杂，犯人极有可能趁乱逃跑！你务必要搞好全面监视，保证不让一个犯人跑掉！"

电话另一端，传来李指导员不无自信的声音："支队长，我认为，这是偶发事件。石大为，肯定不会逃跑的！有石大为在，赖蛐蛐也跑不掉。"

支队长瞄了眼窗外被大风撼动的树冠，不容置疑地说："我不要你主观肯定，我要你以共和国警官的名义坚决保证，保证不会因为这次风浪大作，逃走一个犯人！"

话筒里再次传来李指导员的声音："我保证，保证不跑掉一个犯人！"

支队长敲了敲办公桌，继续对着话筒喊："不管怎么说，我们都要未雨绸缪，做好追捕的准备！你要调度好你的人马，立即展开搜寻。我这里，马上请求驻岛部队，大力支援我们的行动。"

70·军港

两艘小型军舰，匆匆出航。

因风浪太大而只能卧伏在甲板上执行搜捕任务的海军战士，荷枪实弹。

71·近海上空

一架直升飞机，在海面上方隆隆盘旋。

72・海岸线

几辆摩托车,疾驰在海边山路上。

神色严峻的李指导员,坐在领头的三轮摩托车车斗里,机警地扫视着海面和海湾。

73・劳改队监视室

支队长坐在荧屏前,收看搜寻失踪犯人的画面。

74・海上

石大为和赖蛐蛐乘坐的已经失去动力的白色快艇,一步一步被巨浪冲进了大海中间的礁石群。四周,一片汪洋。

75・窝在礁石群里的白色快艇

几经拼命似的努力,石大为终于获得成功,重新将马达打着火了。于是,白色快艇又能自由游动了。

赖蛐蛐看到这种状况,夸张地扮了个鬼脸,向石大为竖起两根大拇指,发出开心的怪笑:"高!高!石大为同犯,就是高!"

石大为使劲扭动舵盘,避免触礁。

一个浪头打来，石大为喝了一口海水，焦急地喊："赖同犯，帮帮我，快来帮帮我，帮我把好舵盘，保住这条小船呀。"

赖蛐蛐胡乱抹了把溅到脸上的海水，讥讽地叫："哥们，你真是个傻帽，还想保住这条破船？屁啦，保他娘个圈圈！天赐良机，咱俩跑吧！"说着，他亢奋地拍拍巴掌，又噗出了一声怪笑，"呵呵……"

石大为听过，浑身一震，厉声呵斥："胡说八道！"喘了喘，他命令似的朝赖蛐蛐嚷："过来，快过来！过来帮我！"

赖蛐蛐白瞪了一下金鱼眼，恶狠狠地吵："过来就过来！我过来了，也不帮你使那个屌劲。逞啥能啊？你真想当劳改模范呀？真想继续在大墙里窝囊下去呀？"赖犯说完，歪歪扭扭挪到船头上，弯腰蹲下了。

石大为势单力薄，把不稳舵盘，白色快艇胡乱地翻旋起来了。

突然，赖蛐蛐一个愣挺扑倒石大为，疯狂抢下快艇舵盘，道出了可怕的诡计："你不跑，我带你跑！跑跑跑，跑啊跑，跑进一个不再受人管教的自由天地吧。"

石大为爬起来，气愤地骂："你还真想跑。没门，没门！"骂过，他飞出一拳，朝赖犯打来。

当即，赖蛐蛐与石大为扭成一团，亡命缠斗。

失去控制的白色快艇，颠颠簸簸撞向礁石。

石大为踢倒赖蛐蛐，抓住舵盘，拨正了船头。

赖蛐蛐凶相毕露，再次反扑。

石大为咬牙切齿，猛一拳戳向赖犯的太阳穴，将对手击昏了。继而，他操起快艇上的尼龙绳，把赖蛐蛐结结实实地捆住了。

76 · 同上

石大为巧妙操纵白色快艇，慢慢驶出了险象环生的礁石群。

77 · 大海

波峰如山，浪谷似渊。

小小的白色快艇，在波峰波谷间时隐时现。（远景）

78 · 白色快艇上

被捆牢的赖犯圆溜溜缩成一团，如一条将死的胖河豚。

孤寡无援的石大为睁大双眼，射出几近绝望的目光。（特写）

79 · 海湾

白色快艇在大风大浪中左冲右突，终于神助般拱进了一处海湾。

石大为发现了海岸，遂像发现了生命线一样，欢呼雀跃着呐喊起来了："啊！啊——嗷——！"

石大为调准航向，飞也似的朝海滩冲去了。

80·海湾边

恶风呼号,浊浪颤幻,滩头水面上漂满了死鱼,空气中充斥着海腥味。

石大为费尽牛劲,推艇上岸,将小船锚在泥滩上,连连呕吐开了。

吐过,他离开快艇,蹒蹒跚跚地走了。

81·边防哨所

一面五星红旗,插在哨所屋顶上,随风飘扬。

石大为迎着红旗,踉踉跄跄走进了哨所大院。

面对执勤官兵,石大为神情坦然,喃喃道:"报告政府,我是南岛劳改队的犯人。请……快快……快打电话给劳改队……就说……艇在,人也在。"

石大为说着说着,昏了过去。

执勤官兵,立马关切地围住了晕厥的犯人。

82·海边山路

一辆飞奔的三轮摩托车,拖有一缕黄尘。

李指导员坐在车斗里,神情激动。

83 · 海湾边

已经苏醒的赖蛐蛐，被边防战士押走了。

石大为身披军毯，疲惫地蹲在烂泥滩上，守护着用生命保护下来的白色快艇。他脚前，有一堆燃烧的篝火。

摩托车的马达声，由远而近。

不等三轮摩托车停稳，李指导员就从车斗里跳下来了。他三步并作两步，急急扑向篝火，一把抱起了石大为。

石大为趴在指导员肩头上，热泪暴滚。（无声画面）

84 · 狱内露天庆功会场

支队长、石母、马坤、方大叔，坐在楼前的主席台上，面带微笑。

台阶下的广场上，坐满了犯人。

李指导员和分队长陪着石大为，端端正正立于主席台下，恭候佳音。

身着法官制服的女审判员，站在主席台正中，庄严宣布："根据石大为重大的立功表现，人民法院依法裁定，减去石大为刑期一年三个月，提前释放。"

石母流泪，马坤流泪，方大叔也流泪了。

支队长款款走下台阶，郑重地给石大为戴上了光荣花。

石大为双手摸了摸大红光荣花，便深深弯下身子，向支队长鞠了一躬，也向李指导员和分队长鞠了一躬。

李指导员望着石大为，洋溢出欣慰的笑容。

掌声，经久不息。

85·小号

掌声，传进小号。

蜷缩在小号里的赖蛐蛐，垂头丧气。

86·狱内露天庆功会场

马坤跑下主席台，亲手替石大为扒下囚服，换上她事先带来的西装。她目不转睛地端详着新生的未婚夫，仿佛两人第一次相识。

倏地，马坤匆匆跑回台上，手握麦克风，爆发性地冲着广场上的犯人们大喊："我今天参加这个庆功会，心里直翻腾，万分感谢人民政府给我送来一个崭新的石大为！我有一肚子话要说，又觉得只对大为一个人说不解渴，所以我就咬住麦克风朝着你们大家大喊大叫，你们不会说我是个疯子吧？我说你们呀，你们家里也有亲人，你们的亲人也都在等待着你们，盼星星盼月亮，盼你们早点出去。你们干吗就不能多替自己的亲人想一想呢？干吗就不能好好改造争取早日回家呢？特别是年岁小一点的犯人，更应该趁早往好道上奔啊！你们不比别人少一个耳朵，也不比别人少一只眼。只要你们把坏脑筋换掉了，改好了，姑娘们是不会嫌弃你们的！"

画面上，满是犯人们若有所思的眼神。

狱内空间，响起马坤喊话的回音。

87·蓝天

蓝天上，飘浮着一片绚丽的云朵。

云朵上，载满脆亮的掌声。

88·交通艇

分队长亲自驾驶交通艇，劈波斩浪，疾速前进。

马坤、石母、方大叔，谈笑风生。

主题歌音乐再起。音乐声中，镜头如诗——

石大为西装革履，挺立船头，眺望对岸旖旎的风光。

石大为清亮的目光里，充满对新生活的憧憬。

定格。

定格画面上，印出其余演职员名单。

——剧终——

1985 年初夏

注：本剧由鞍山电视台录制，在中央电视台综合频道首播，乃中央电视台播出的第一部劳改劳教题材电视剧。

本剧音乐，由著名作曲家铁源作曲。某著名女高音歌唱家，演唱主题歌《心愿》。

后记

本人为主的文学创作——写小说。缘自心趣，我也写出了三部影视文学作品。

凭谙熟农村及农民，我创作出电影文学剧本《日子》。庄户人家，其生息、其悲欢、其憧憬，我基本上写明白了。《日子》完稿，投向擅长摄制乡野故事片的西安电影制片厂。以娓娓道来的文学风格，靠清纯精雅的艺术质地，《日子》赢得了西安电影制片厂的嘉许。只是，囿于当年经费匮乏，西影无力将《日子》搬上银幕。

一个春风和煦的季节，辽宁电视台与辽宁电视剧制作中心，联合于兴城举办东北三省创作笔会。应邀，我带上电影剧本《日子》，荣临滨海古城。笔会期间，《日子》受到了各方高度赞誉，被与会的军地作家、剧作家、学者们广泛传阅，诚加褒扬。笔会刚结束，《日子》即被辽宁电影制片厂采用。然而，最终同样也是因为经济窘困，辽影实在无奈，只将《日子》改拍成上下两集电视剧。在辽宁省第四届优秀电视剧评选中，《日子》获了奖。

某些年月，电影人力保自身生存，只能被迫制作可赚大钱的商业片。一部高质量的纯文学电影剧本，却苦于电影厂囊中羞涩而难修正果，令我郁郁乎留下了永久的遗憾！

由部队转业，我做过八年监狱警察。受上级指派，我还在国家劳动改造工作管理局"帮助工作"一年半，考察"教育、感化、挽救"新策的成效。依据个人在工作中的感悟，我见缝插针，抽空运笔，创作出一部文学剧本《大墙里的春天》。不久，该剧本由鞍山电视台承接，录制成戏。经中央电视台综合频道首播，《大墙里的春天》又连续被众多省市电视台热播，在全国司法战线上引起了热烈的反响。翌年，我再接再厉，不吝精雕细琢，创作出第二部劳改题材电视剧《天阶》。《天阶》由长春电影制片厂接稿，且搭建好强势演员班底，完成制作。剧中之艺术情味，得到了中央电视台影视部的肯定。著名女中音歌唱家关牧村，演唱了由我亲笔作词的主题歌，给《天阶》一剧增添了美好的韵致。

应该说，《大墙里的春天》和《天阶》两部电视剧，是我从警八年内一项重大的业余创作收获。也算，我没白穿了八年警服，亲为祖国的劳改劳教事业，倾尽了一份心力。

岁入耄耋，我难免有点恋旧了，遂将自己三四十年前编创的本子翻出来，结集造册，意在付梓。如今，《日子——林丹影视文学剧本集》光鲜成书，我不胜兴慰。

谨以此著，献给亲爱的读者朋友们！

林　丹

2025年仲春于北京